AF285934

Der erotische Feldzug der Zahra K.

Teil 1 Die Lehren des Herrn Paul

Ein hocherotischer Thriller

Von Daniel Bear

ISBN **9783833495588**

Liebe, was ist Liebe?

Begehren?

Verehren?

Vermehren?

Arterhaltung – heute wohl eher weniger.

Kopflose Kunst?

Kunstloses Vereinen?

Untreues Verneinen?

Herzschmerz?

Schmerzvolles Vernichten?

Traurige Geschichten?

Liebe – die Urkraft unseres Seins!

Wo wären wir ohne Liebe?

Nicht existent, denn wer hätte uns geschaffen, wenn nicht
Liebende?

Na eben!

Also bitte, ein Hoch auf die Liebe!

Ein Hoch auf die Liebenden – ein Hoch auf uns.

Doch hütet Euch vor der vernichtenden Liebe!

Der erotische Feldzug der Zarah K.

Teil 1 Die Lehren des Herrn Paul

Zarah rollte sich auf die Seite.

Ihre Möse war noch feucht und klebrig. Und heiß.

Richtig wund hatte er sie gefickt.

Morgen würde ihr sicher das Gehen Schwierigkeiten bereiten.

Er lag auf dem Bauch, sein Atem flach und ruhig, wie es sich für einen Schlafenden gehörte.

Selig lag er da, entspannt, zufrieden.

Von den Schultern bis zu den Hüften zogen sich lange Striemen, Hinterlassenschaften ihrer Nägel, die sie ihm in gespielter Ekstase in die Haut geschlagen hatten.

Zarah stand auf, schlüpfte in ihr Kleid, den BH steckte sie in ihre Handtasche.

Er schlief wie in Abrahams Schoß. Gut so.

Das Höschen platzierte sie tief in seiner Manteltasche.

Im winzigen Bad auf dem Boden unter dem Waschbecken lag sein Hemd. Daneben sein Ehering, golden funkelnd, aus der Hemdtasche gerutscht. Als hätte sie anhand des hellen Schattens an seinem Ringfinger nicht sehen können, dass er bereits vergeben war.

Zarah zog sich den Lippenstift nach, tupfte ihre Lippen vorsichtig mit seinem Hemd ab. Männer schauten nicht genau hin, Frau waren ein wenig defizieler.

Die Hosentasche seiner Jeans war prall gefüllt mit seiner Geldbörse. Ausweis, Adresse. Ein Firmenausweis. Von wegen Doktor – er war gerade mal Handelsvertreter für Medizinprodukte. Solche Hochstapler hatte sie schon öfter erlegt.

Sein Handy lag im miefigen engen Flur des heruntergekommenen Hotelzimmers.

Er hatte es auf lautlos gestellt. Acht Anrufe in Abwesenheit – seine Frau?
Sie wählte ihre eigene Nummer – Kontrolle auf ihrem Handy. Keine unterdrückte Rufnummer, perfekt.

Jetzt hatte sie alles, was sie wollte.

Das Spiel konnte beginnen!

Überwiegend gabelte Zarah ihre Opfer in Internetchatrooms auf. Ihre Ausbeute war gigantisch.
Einsame Herzen, diese Internetseiten eigneten sich ebenso, um Opfer zu sichten.
Viele der einsamen Herzen hatten Ehefrauen, die sich nicht im Traum hätten vorstellen können, dass ihre Männer unverheiratete Singles auf der Suche nach dem perfekten Glück sein könnten, für die sie sich ausgaben.

Dann gab es da noch die Swingerclubs, Agenturen für gelegentliche Treffen und, wie heute, die Messen.

Messen - der perfekte Ort für Ehebruch.

Kaum war Katerchen weg von der Maus, lies er es richtig krachen.

Es gab da die Pseudosingles. Ehering abgezogen, rein in die Hotelbar.

Dann gab es die armen unverstandenen Ehemänner, die ja nur noch auf dem Papier verheiratet waren, und natürlich nur der Kinder wegen keine Scheidung wollten. Sehr offen diese Herren, offen für alles.

Und dann die ehrlichen Aufreißertypen, die dazu standen, mal aus dem Ehealltag ausbrechen zu wollen.

Zarah stieg in ihren Wagen.

Seine Daten hatte sie fein säuberlich in ihr ledernes Notizbuch geschrieben. Hätte er gewusst, worauf er sich da einließ, wäre sein Schwanz nicht steinhart in sie eingedrungen. Er würde bald von ihr hören.

Zarahs Kindheit hatte mit dem Tod der Mutter ein jähes Ende gefunden.
Ihr Vater konnte die Finger nicht von anderen Frauen lassen.
Die Ehe ihrer Eltern war gespickt mit Erniedrigungen und Gemeinheiten. Geschrei und Tränen standen auf der Tagesordnung.

Als Zarah elf Jahre alt war, verabschiedete sich ihre Mutter aus dem Leben. Es blieb ein Brief von ihr, eine Anklageschrift gegen ihren Vater.

Dieser schaffte sich schnell Ablenkung, von Trauer kaum eine Spur.

Ständig brachte er neue Frauen mit nach Hause.
Er war nicht wählerisch.
Alles, was einen Rock tragen konnte, ging bei ihnen ein und aus.

Manche hatten versucht, sich als Pseudomutter in ihr Leben zu schleichen, waren aber nie lange genug geblieben, um eine wirkliche Rolle in ihrem Leben zu spielen.

Andere sahen in ihr die Reinkarnation ihrer Mutter und reagierten mit Eifersucht, Ablehnung und Missgunst.

Die, die sie nicht beachteten, gab es auch.
Ignorante Frauen, die sich ihrem Vater hingaben, seinen Absenker völlig übersahen.

Ihr Vater sah sie wohl als Ballast an, ein kleines Ebenbild ihrer Mutter, als Fehler, eine Fessel.

Waren seine verbalen Aggressionen zu Lebzeiten auf seine Frau gerichtet, musste sie nach derem Ableben oft genug für frustrale Ausfälle herhalten.

Er argumentierte den Zusammenhalt ihrer nun auf zwei Personen geschrumpften Familie, im gleichen Atemzug aber lies er sie merken, dass sie ihrer Mutter immer ähnlicher würde, genauso verschroben und introvertiert.

Mit achtzehn hatte sie dann einen Internatsplatz erhalten. Und in dieser Zeit begann auch ihre erste eigene Rolle im Spiel männlicher Phantasien.

Zarah hatte noch nicht gelernt, dass Hingabe und Leidenschaft nicht in totaler Selbstaufgabe enden mussten.

Sie sucht Nähe, Liebe, Verständnis, um jeden Preis.

Ihre Suche nach Geborgenheit war ungesteuert, naiv.

Zu finden schien sie sie vorerst in Person eines väterlichen Freundes, ihrem Lateinlehrer Herrn Paul.

Eigentlich hieß er Paul mit Vornamen.
Sie fand den Altersunterschied zu groß, um ihn nur Paul zu nennen, also nannte sie ihn Herr Paul, darauf hatte sie bestanden.

Herr Paul – ein Künstler in Sachen Verführung und Seelenpein.

Als Blumenpflücker hatte er sich bezeichnet.

Und das war er auch, ein Blumenpflücker.

Paul pflückte mit Vorliebe noch geschlossene Knospen, die gerade im Gange waren, sich zu öffnen.

Das erste mal begegnete sie ihm in der Aula, zur Begrüßung aller neuen Schüler.
Er stand am Podium und wisperte eine persönliche Vorstellung sowie ein Willkommen in das Mikrofon, als letzter seiner Kollegen.
Die Lehrerschaft der Privatschule bestand aus 23 Pädagogen, hauptsächlich weiblich.

Herr Paul war einer von 5 männlichen Lehrkräften.
Unscheinbar, dicklich, schüchtern wirkend, harmlos. Der erste Eindruck von ihm täuschte sie gründlich.

Ihr Vater hatte sich auf Auslandsaufenthalte spezialisiert.
Asien war sein neues Jagdgebiet geworden. Angeblich als Verstärkung einer Hilfsorganisation in den Krisengebieten.
Dort seien die Frauen viel unkomplizierter, hatte er einem Freund in ihrem Beisein erklärt.
Natürlich, er war nicht der Menschenfreundlichkeit wegen ans andere Ende der Welt gegangen.

Nun hielt er sich fast ganzjährig in Asien auf. Zarah vermisste ihn nicht sonderlich.

Ihrer beider Verhältnis hatte sich nie wirklich gebessert.

Seine Schuld am Tod ihrer Mutter würde nie verlöschen.

Und seine Hassliebe ihr gegenüber auch nicht.

Mit den Jahren kämpfte sie um seine Liebe und Anerkennung, ohne sichtbaren Erfolg.

Er versuchte ihr Glauben zu machen, ihre Mutter sei eine schizoide Person gewesen, getrieben von der Vorstellung, ihr Mann gehe mit jeder ins Bett, was aber nie der Fall gewesen sei.

Er hätte sich nach ihrem Tod lediglich über den Verlust hinwegtrösten wollen.

Und sich nicht ernsthaft gebunden, um seiner Tochter eine Umstellung ihres Lebens zu ersparen.

Zarah hingegen wusste, dass ihre Mutter Zeit ihres Lebens gelitten hatte unter den Eskapaden ihres untreuen Ehemannes.

Ansonsten hätte ihr Ableben doch keinen Sinn ergeben.

Ihre Mutter, so erinnerte sich Zarah, verbrachte den größten Teil des Tages im Bett, schluchzend oder schlafend.

Die Vorwürfe, die sie selbst ihrem Vater machte, im geheimen, würden nie aufhören. Warum auch sollte sie verzeihen.

Gefunden hatte sie ihre Mutter. Im Bett, mit entspanntem Gesicht, das Röhrchen Einschlafhilfe für die ewige Ruhe neben ihrer rechten Hand.
Ein Schock für eine Elfjährige, die sie an Geist um Jahre altern lies. Ihre unbekümmerten Gefühle hatten sich in Schwere verwandelt.

Nichts desto trotz hatte sie versucht, sich später dem Leben ohne Mutter anzupassen. Und auf kindliche Art mit ihrem Vater auszukommen, um emotional zu überleben.

Herr Paul war anders als ihr Vater. Ganz anders.

Der Lateinunterricht bei ihm fand meist Nachmittags statt.

Zarah hatte sich für Latein entschieden, da ihr Vater sie dazu drängte, einmal die medizinische Laufbahn einzuschlagen, so wie er. Latein konnte da nur hilfreich sein.

In den ersten Stunden bei Herrn Paul langweilte sich Zarah fast zu Tode.
So schüchtern, wie er in der Aula aufgetreten war, so langweilig unterrichtete er.

Mit meist gesenktem Kopf, den Blickkontakt mit der Klasse vermeidend, nuschelte er seine Vokabeln herunter.

Latein selbst lag ihr, aber nicht der Unterrichtsstil.

Zarah fand diesen kleinen untersetzten Mann, Anfang fünfzig, graues Haar, Geheimratsecken, fülliger Bauch, anfangs entsetzlich öde.

Freundlich, ein wenig distanziert, ohne Power.

Das wichtigste Objekt im Unterricht schienen ihm seine Schuhspitzen zu sein.

Die Klasse blieb auffallend ruhig.
Vielleicht war das einschläfernde Verhalten von Herrn Paul schuld, oder sie wollten ihm nicht wehtun mit ihrer Aufmüpfigkeit. Er schien zu verletzlich.

Dieser Eindruck jedoch verwischte zusehends.

Als Dorian, einer ihrer Mitschüler, seinem Kumpan zwei Reihen vor ihm ein Papierknöllchen an den Rücken warf, zerschnitt ein scharfes „Nein" die Luft.

Mit einem Satz, dem keiner dem korpulenten Paul zugetraut hätte, sprang er an Dorians Bank, riss ihn am Arm hoch, schuppste ihn aus dem Klassenzimmer, schmiss die Tür hinter ihm zu, und kehrte seelenruhig zurück auf seinen Platz neben der Tafel.

Es folgte eine kurze Einführung über die Wichtigkeit der lateinischen Sprache und über den Respekt. Den Respekt und die Achtung vor ihm, dem Älteren, dem Lehrer.

Herr Paul hob den Kopf. Wässrigblaue Auge musterten die Schüler.

Kalt und gnadenlos und mächtig? Ja, das traf es. Bis zu diesem Zeitpunkt hatte ich keiner so wahrgenommen.

Vor ihnen stand die Reinkarnation Napoleons. Seiner Figur entwachsen demonstrierte er Größe, jeder Anflug von Schüchternheit war verflogen.

Es fehlte nur noch die Hand im Hemd.

Herr Paul schien ein Wolf im Schafspelz.
Sie hatten ihn unterschätzt.
Diese entstehende Vermutung sollte sich auch noch anderweitig für Zarah bestätigen.

„Möchte noch jemand den Unterricht stören? Wir sind eine Eliteschule, benehmen sie sich dementsprechend!" schloss Paul seinen Vortrag.

Der Klassenraum schien leer, gemessen an der Stille, die sich in ihm ausbreitete.

„Also fahren wir fort."

Die Störungen in Herrn Pauls Unterricht blieben auch zukünftig auf ein Minimum beschränkt.

Herr Paul hatte weiter keinen sonderlichen Eindruck bei Zarah hinterlassen.

Seine Ausführungen der lateinischen Sprache waren aufgrund seines Einschreitens durch die Störung von Dorian auch nicht interessanter geworden.

Zarah lernte, um zu wissen. Sympathie brauchte sie nicht zu empfinden.

Ein paar Monate später.

Als letzte im Klassenraum, ihre Utensilien noch in die Mappe packend, stand Zarah an ihrem Tisch, den sie mit niemandem zu teilen brauchte.

Ihre Bank war die letzte hinten links im Raum.

Herr Paul trat an sie heran.

„Na, kleines Fräulein, sie passen ja wunderbar auf im Unterricht."
Seine Hand legte sich auf ihre Schulter.
„Gute Noten, bis jetzt." Paul trat zu nah an sie heran, es war ihr unangenehm.

„Machen sie weiter so!"

Seine Finger drückten kurz und hart in die kleine Kuhle neben ihrem Hals. Dann ließ er von ihr ab und schlenderte zum Lehrerpult.

„Wenn sie weiter so fleißig sind, kommen sie ganz nach oben!"

Paul hatte recht. Sie konzentrierte sich auf die Schule. Natürlich auch auf Latein.

Weiter hatte sie nichts zu tun in diesem Internat.
Wozu war sie denn sonst hier.

Ein paar ihrer Mitschüler sahen die Sache ein wenig anders.
Partys waren an der Tagesordnung.

Die strenge Trennung von Jungen und Mädchen im Internat wurde durch seine Bewohner des Nachts heimlich aufgehoben.

Es gab ein reges Kommen und Gehen auf den Fluren.

Für Zarah waren ihre Altersgenossen zu unreif, als dass sie mehr Zeit mit ihnen hätte verbringen wollen als unbedingt nötig.

Sie war ein ernster Einzelgänger, vielfach als Streber benannt.
Immer durchorganisiert und planvoll.

Zarahs Kindheit spielte sicher die entscheidende Rolle für ihr
Verhalten.

Das Leben hatte ihr bereits eine Reife abverlangt, die die anderen
noch nicht haben konnten.

Einfach nur Lernen, um der leeren Zeit gewollter Einsamkeit zu
entkommen. Zarah lernte gern.

Und um ihren Vater nicht zu enttäuschen.

Herr Paul schien ähnlich wie sie.
Er war ein Eigenbrötler, der selten mit seinen Kollegen zu Mittag
aß, kulturelle Veranstaltungen mied und seinen Lehrstoff präzise
aber distanziert vermittelte.

Sein Verhältnis gegenüber seinen Schülern war kühl, Abstand
wahrend.
 Zarah gegenüber gab er sich ein wenig aufgeschlossener.

Manchmal sprach er sie nach dem Unterricht an.
Es waren Lapalien wie die Frage nach ihrer Freizeitgestaltung.
Viel gab es nie zu reden, was hätte sie schon erzählen sollen.

Ihre Freizeit verbrachte sie mit Lernen oder Lesen.

Ihr Zimmer teilte sie mit keinem.
Derr Vater hatte auf ihren Wunsch hin ein Einzelzimmer für sie
geordert.
Es war ihre Bedingung gewesen, um überhaupt aufs Internat zu
gehen.

 Die Vorstellung, ihre Privatsphäre völlig aufgeben zu müssen
und mit einer ihr vielleicht unsympathischen Person die
kommenden Jahre ein Zimmer teilen zu müssen, hatte sie in
ihren Grundfesten erschüttert.

So bewohnte Zarah das einzige Einzelzimmer des gesamten Internates, von den Zimmern einiger Lehrer abgesehen..

Herr Paul wurde Zarah sympathischer.

Im Unterricht sah sie, dass er, wenn er sich unbeobachtet fühlte in ihre Richtung blickte.

Erwischte sie ihn dabei, zwinkerte er ihr zu, eine sehr ungewöhnliche Geste für einen ansonsten sehr verschlossenen Menschen.

Nach dem Lateinunterricht ließ sie sich oft absichtlich Zeit beim Einpacken ihrer Schulutensilien, um mit Herrn Paul ins Gespräch zu kommen.

Er schien ihr in einer besonderen Weise erhaben.

Die anderen Lehrer erweckten bei ihr kein persönliches Interesse, wohl auch deshalb, da sie sich mit ihr nicht mehr als mit den anderen Schülern abgaben.

Sicherlich bekam sie oft zu hören, ihre Leistungen seien außergewöhnlich gut, aber darauf beschränkte sich die Kommunikation dann auch.

Herr Paul war anders, er schien sich für sie als Person zu interessieren.

Eines Nachmittags trat er an sie mit der Bitte heran, ihm als Assistentin hilfreich zu sein.
Er habe einige ältere Bücher der lateinischen Schrift von einem Gönner des Internats erhalten, und diese müssten in der Schulbibliothek alphabetisch geordnet werden.

Seine wasserblauen Augen blickten nicht fragend, sondern fordernd, er setzte ihr Einverständnis voraus.

Gern sagte sie zu.

Die Bibliothek befand sich in einem Seitenflügel des Gebäudes.

Herr Paul hatte sich auf zehn Uhr abends mit ihr verabredet. Bei Besucherverkehr wollte er die Bücher nicht einordnen.

Es gab einen abgeschlossenen Teil der Bibliothek, der nicht für die Allgemeinheit zugänglich war. In ihm lagerten die besonderen, die wertvollen Bücher.

Zarah fühlte sich geadelt, diese verborgenen Räumlichkeiten betreten zu dürfen.

Sie bewegte sich andächtig durch die hohen Bauten, deren parkettener Boden ihre Schritte in einem Hall gegen die Wände und wieder zurück warf.

Es roch nach vergangenen Epochen, jahrhunderte altes Wissen stand greifbar in den schweren eichenen Regalen an den holzgetäfelten Wänden.

Goldene Lüster tauchten den Raum in sanftes Licht.

„Hier entlang, mein Fräulein!" Herr Paul schritt voran.
Sie eilten vorbei an pergamentenen Schriftrollen.
Ehrfurcht ergriff Zarah. Wissen bedeutete Macht.

In einer Ecke des saalähnliches Raumes lag ein Stapel fünf Dutzend verschnürter Bücher auf dem Boden vor einem riesigen Schrank.

„Hier lagert mein persönlicher kleiner Schatz." Paul wies auf den wuchtigen Alkoven.

„Und das da ist meine neueste Errungenschaft." Die Bücher schienen handgeschrieben.
„Manche sind bereits hunderte Jahre alt."

Herr Paul schloss den Schrank auf. „Bitte, meine Liebe, es kann beginnen."

Die wuchtigen Türen gaben den Blick auf weitere Dutzende Bücher preis, manche goldgebunden. Auf ihren Buchrücken hatten geschwungene Federstriche die Titel für die Ewigkeit festgehalten.

„Jedes dieser Bücher ist ein Einzelstück, ein Unikat. Alle handschriftlich. Und aus aller Welt zusammengetragen."

Pauls Finger strichen zärtlich über die Buchrücken. Seine Zunge benetzte behend wie eine Eidechse seine Lippen.

„Es sind allesamt Lehrbücher. Lehrbücher der besonderen Art."

„Pack die da aus, und sortiere sie alphabetisch!"

Zarah tat, wie ihr geheißen.

„Diese Bücher dort nicht! Lass sie liegen, ich räume sie später selbst weg."

Ein Bündel von in Seide eingeschlagenen Werken lag ein wenig abseits.

Ihr Lehrer setzte sich mit einem der Bücher an einen Schreibtisch, der in der Mitte des Raumes trohnte. Eine Schreibtischlampe erhellte die Szenerie eines blätternden älteren Mannes mit Bauchansatz.

Sein Blick schweifte immer wieder zu Zarah, die ehrfürchtig Jahrhunderte Wissen in ihren Händen hielt.

Eines der Bücher rutschte ihr aus den Händen und landete auf dem Boden.

Die Seiten lagen aufgeblättert nach oben.

„Schau es dir ruhig an!"

Feine Pinselstriche hatten detailreich Bilder der Gewalt festgehalten.

„Das ist ein Buch der obersten Inquisition, Rituale zur Hexenaustreibung waren im Mittelalter an der Tagesordnung."

Die Skizze zeigte eine nackte Frau, gefesselt an Händen und Füßen, gespannt zwischen zwei Balken, mit weit gespreizten Beinen.

Am Rand der Skizzen waren Anweisungen zum genauen Prozedere in Latein geschrieben.

Ihr Schenkel mit Wachs überzogen.

„Ja, die Herren Inquisitoren kannten kein Erbarmen."

Zarah blätterte weiter.

Die folgenden Seiten zeigten noch brutalere Bilder.
Zwischen aufgerissenen Geschlechtsteilen waren Messer drapiert, Brustwarzen wurden mit Nägeln durchstoßen, Haken in das Fleisch der Lenden oder in Venushügel getrieben.

„Schmerz, Angst und Macht, Zarah gehören zusammen wie Huhn, Federn und Ei. Die Kirche besaß die Macht, Schmerzen zuzufügen und Menschen zu töten."

Zarah wusste einiges über die Inquisition, hatte aber nie darüber nachgedacht, welche Formen für das einzelne Opfer geschaffen wurden. Wer hatte denn noch nichts über Hexenverbrennungen gehört – allerdings waren ihr detailreichere Erläuterungen bisher verborgen geblieben.

„Ein Hofinquisitor hat das Buch angefertigt. Es wurde als Handbuch des erfolgreichen Folterns verwendet. Verrückt, nicht wahr? Die Kirche als Heil- und Segenbringer zerstörte menschliches Fleisch."

Paul stand auf und kam zu Zarah herüber.

„Gib mir das Buch! Es ist nichts für zarte Gemüter. Oder interessiert es dich etwa?" Seine Augen blickten tief in die ihren, geweitete Pupillen starrten sie an.

Er duzte sie!

Wortlos gab sie ihm das Buch, er setzte sich wieder an den Schreibtisch, nun selbst darin blätternd.

„Wusstest du, dass die Inquisition auch Beschneidungen vornahm? Sie haben es nicht so benannt, aber genügend Vulven fielen ihr zum Opfer. Schau mal, hier!"

Zarah ging zu Herrn Paul, der mit dem Finger auf die aufgeschlagene Seite zeigte.
„Das Messer wurde in die Glut gehalten, bis es selbst rot leuchtete, und dann wurden den Frauen ihre inneren Lustorgane regelrecht heraus gebrannt. Wer nur kann solch schönes Fleisch zerstören? Die Klitoris als Knospe der Lust heraus brennen aus einem Weib? Diese Menschen waren dumm."

Paul klappte das Buch zu, stellte es eilig in den Schrank und verlies den Raum, nachdem er ihr noch „Mach dann bitte das Licht aus, wenn du fertig bist, ich verlass mich auf dich." zugerufen hatte.

Das Bündel mit den in Seide eingeschlagenen Büchern trug er im Arm, als er den Raum verlies.

Auf dem Heimweg war Zarah verwirrt.

Dieses Buch, sie fand es ekelerregend, andererseits hatte es ihre Neugier geweckt.

Noch nie hatte ein Mann mit ihr über Lust gesprochen, geschweige denn über die Klitoris einer Frau.
Ihre eigene war dabei angeschwollen wie eine pflückreife Kirsche.

Herr Paul hatte sich keineswegs aufdringlich verhalten, nur über die Inquisition gesprochen, und doch hatte sie das Gefühl gehabt, er sprach über ihr Fleisch, ihre Klitoris als Wurzel der Lust.

Ach was, er war ihr Lehrer.
Und hätte mit ein wenig Phantasie ihr Großvater sein können.
Sie bildete sich zu viel ein.

Zarah empfand genug Lust, nur gab es in ihrem Leben bisher keine Person, mit der sie sie hätte teilen wollen.
Ihre Tagträume und erotischen Phantasien lebte sie mit Traumgestalten aus, ausschließlich in ihren Gedanken.

Jungs ihres Alters fand sie absolut unsexy.

Zurück in der Einsamkeit ihres Zimmers gab sie sich ganz neuen Phantasien hin.
Ihre Finger streichelten zärtlich die Knospe ihrer Lust und rieben sie bis zur Ekstase.
Nasse Finger drangen immer wieder in die feuchte Höhle ein, und in ihren Gedanken spielte Herr Paul eine nicht unwesentliche Rolle.

Der nächste Tag brachte keine Abwechslung. Lernen stand an der Tagesordnung, wie immer.

Latein würde erst in ein paar Tagen wieder stattfinden.
Zarah fing insgeheim an, diese Stunden herbeizusehnen.

Sie mochte Herrn Paul, womit sie sich schon wieder zum Außenseiter der Klasse machte.

Dienstag Nachmittag, nach einem öden Wochenende und einem unturbulenten Montag, stand wieder Latein auf ihrem Plan.

Zarah war irgendwie froh, ihn wiederzusehen.

Die letzten Tage war er auch nicht in der Aula erschienen, auf dem ganzen Schulgelände kein Zeichen von ihm.

Sie ertappte sich dabei, sein Foto unter den im Hauptflur ausgehängten Bildern des Schulpersonals zu suchen.
Da war es. Da war er. Nicht groß, nicht schlank, auf den ersten Blick kein Hingucker, aber er faszinierte sie.
Seine Augen waren einzigartig hellblau, seine Hände feingliedrig, seine Aura faszinierend.

Er stand da neben seinen Kollegen, fast am Rand des Bildes, seitlich, unauffällig.
Wie sie hielt er sich vor der Gemeinschaft zurück. Ein seltsam anmutender Einzelgänger, genau wie sie.

Nahm er sie als Frau wahr, oder war sie für ihn noch ein Mädchen?

Was für Gedanken sie sich machte, Zarah schüttelte über sich selbst den Kopf.

Sie hatte die Figur eine Models, trug allerdings farblose weite Kleidung, welche dies perfekt kaschierte.

Ihre langen mittelblonden Haare wurden mittels Gummi zum Pferdeschwanz gebändigt.
Flache Schuhe, kein Make up, warum auch?

Aufgesetzte Weiblichkeit fand sie ätzend.
Die schrillen Mitschülerinnen mit ihren kurzen Röckchen und den platinblonden Haarverlängerungen am Rande der Nuttenhaftigkeit furchtbar.

Sie wollte keinen Jungen für sich gewinnen, die Kerle im Internat waren es nicht wert, Brüste zu betonen und Bein zu zeigen.

Sie fand es besser, unauffällig und damit unbehelligt durch die Zeit hier zu kommen.

Die Stunde begann, endlich. Er trat in Klassenzimmer. Sie richtete sich auf, drückte den Brustkorb durch.

Herr Paul schien sie gar nicht zu sehen. Er wich ihrem Blick aus, starrte wie gewohnt auf seine Füße und nuschelte den Stoff herunter.

Zarah war enttäuscht. Hatte sie etwas verkehrt gemacht, die Bücher vielleicht falsch angeordnet?
Oder interessierte er sich doch nicht für sie, hatte sie sich seine leichte Zuneigung nur eingebildet?

Zarahs Versuche, ihm durch mündliche Mitarbeit einen Blick in ihre Augen zu entlocken, schlugen fehl.

Paul sah auf ihre erhobene Hand, rief sie auf, nickte nach ihren Antworten, und befasste sich dann genauso unpersönlich mit anderen Schülern.

Nach Unterrichtsschluss eilte er als erster aus dem Raum.

Kein Wort zu ihr. Weg war er.

Zarahs Augen wurden tränenreich.

Mit verschwommenen Blick räumte sie ihre Bücher in die Mappe.
Oh Himmel, ich muss mich zusammennehmen! Was ist nur los
mit mir?

„Ach Zarah, würden sie bitte heute wieder in die Bibliothek
kommen? Gleiche Zeit? Ich habe noch paar ungeordnete
Exemplare, danke."

Ohne ihre Antwort abzuwarten zog der Lehrer seinen Kopf aus
dem Türrahmen und verschwand.

Ihr Herz hüpfte in ihrer Brust.
Erleichtert, als wäre ein Band um ihren Brustkorb gelöst worden,
schnappte sie sich ihre Tasche und lief schnellen Schrittes
innerlich jauchzend in ihr Zimmer.

Ihr Zimmer war nach seiner Einrichtung her nicht das Zimmer
eines noch pupertierenden Girlies.

Kein Poster der neuesten Leinwandhelden oder Boygroups an der
Wand, keine verspielten Blumenranken um den Lampenschirm,
keine Herzkissen auf dem Bett.

Nüchternheit pur.

Der Schreibtisch schien fast unbenutzt, frisch gespitzte Stifte
steckten in einem ledernen Becher.

Ein gerahmtes Foto ihrer Mutter auf der polierten Holzplatte des
dunklen Echtholzschreibtisches stach mit seinem glänzenden
Silberrahmen vom Rest der fahlen Einrichtung ab.

Kein zerwühltes Bett, sondern akkurat gezogenes Leinen unter
einer blütenweißen, sorgfältig gefalteten Decke, am Kopfende ein
gut aufgeschütteltes und schön drapiertes Kissen.

Einzig im Regal stand ein mit bunten Blüten verzierter Bilderrahmen, der das Antlitz ihrer Großmutter beherbergte.

Kein Bild ihres Vaters, warum auch?

Im Regal neben ihrem Bett standen Lehrbücher, medizinische Fachbücher. Belletristik, Liebesromane und dergleichen fehlten.

Sie schlüpfte aus ihrer Kleidung und unter die Dusche. Das Wasser lief wohlig warm über ihre Haut.

Die Phantasien kamen wieder.

Sie begehrte, sie begehrte Herrn Paul? Ja, das tat sie.

Dass junge Mädchen sich zu reiferen Männern hingezogen fühlen konnten, wusste sie. Hatte doch ihr Vater genug Frauen mit nach Hause gebracht, die ihre älteren Schwestern hätten sein können.

In den letzten Jahren ihrer Schulzeit war sie in den Mathelehrer verliebt gewesen, einen Mittdreißiger, der ihr jedes mal die Schamesröte ins Gesicht trieb, wenn er sie an die Tafel gerufen hatte.
Dieser Lehrer war ihr Schwarm gewesen, und nicht nur ihrer.

Jetzt aber fühlte sie anders.
Sie wollte ihn.
Herr Paul hatte in ihr etwas ausgelöst, was sie so noch nicht kannte. Verlangen, süßer Schmerz des Verbotenen. Neugier und Lust, viel Lust.

Tagträume waren nicht verboten.

Nass warf sie sich auf ihr Bett.

Die Zeichnung der Frau mit den gespreizten Beinen. Zarah spreizte ihre Beine. Ihre nasse Möse verlangte nach mehr als ihren Fingern.

Sie rieb ihre Schamlippen, zu wenig, ihr Loch fühlte sich leer an. Ihre schmalen Finger rieben die Klitoris, ihre kleinen Schamlippen schwollen auf die doppelte Größe an, heiss und feucht präsentierte sich ihr Loch nur ihr selbst.

Sie brauchte mehr.
Zarah war sich selbst zu wenig.

Wenn er jetzt bei ihr wäre, wenn er jetzt ihre Scham küssen würde, seine Finger über ihren Körper gleiten liese, in Ekstase mit ihr verschmolzen wäre. Und ihre Klitoris verwöhnen würde, wie nur er es könnte.

Er könnte sie von ihrer Jungfräulichkeit befreien, er war ein Mann mit Erfahrung. Er würde sie nicht enttäuschen. Ihm würde sie sich hingeben. Wenn er nur wollte.

Ihre Finger schlugen in ihre feuchte Muschi, der Saft machte ihre Finger glitschig.

Wieder und wieder fuhren ihre Finger zwischen ihre Schenkel, bis sie kam.

Ihre Brustwarzen standen steil nach oben.

Sie war befriedigt, fürs erste.
Aber es ging sicher noch besser.
Süße Tagträume. Die Gedanken sind frei.

Punkt zehn stand Zarah am Bibliothekseingang.

Aus dem Schatten des Gebäudes trat Herr Paul. In seinen Händen hielt er das Bündel mit den in Seide eingeschlagenen Büchern.

„Guten Abend, Zarah. Dann wollen wir mal."

Die schwere Eichentür gab lautlos nach, sie traten ins Innere.

Herr Paul ging diesmal hinter ihr.

„Setzt dich zu mir an den Schreibtisch, Zarah!" Wieder duzte er sie, nicht so im Unterricht.

„Ich möchte dir etwas zeigen."

Paul öffnete das Bündel. Drei Bücher waren darin verborgen gewesen.

„Wir haben hier ein Werk über die Feudalzeit, und das ist ein Buch über das Liebeserlernen im alten Griechenland. Ah ja, hier das Meisterwerk, ein Buch über die Verführungskünste von Hexen."

Der Lehrer strich andächtig über seinen Schatz.

„Diese Bücher sind einzigartig. In der heutigen Zeit können die Menschen vor lauter Beklommenheit kaum atmen. Die alten Zeiten bargen herrliche Freiheiten."

Zarahs Gedanken schweiften zurück zu ihren Aktivitäten des Nachmittags. Wenn Paul gewusst hätte, dass er die Hauptrolle ihrer erotischen Phantasien erhalten hatte. In ihren Tagträumen hatte Beklommenheit keinen Platz.

Sie betrachtete ihn unbemerkt, während er über vergangene Epochen und deren Herrlichkeit philosophierte.

Melierter Drei-Tage-Bart, kurzer Hals, schmale Schultern, zuviel Bauch, schöne Hände.

Seine Augen trafen die ihren. Und verbohrten sich darin.

„Was ist?"

„Nichts. Ich wollte nur…Ich höre nur zu."

Die Röte schoss ihr ins Gesicht.

Er wendete den Blick ab, zurück auf die Bücher.

„Und der Feudalismus war auch nicht ohne. Stell dir vor, die Feudalherren hatten das Recht der ersten Nacht. Ich denke, das war für die Bräute gar keine schlechte Sache, dann zeigte ihnen mal jemand, wie Sex wirklich funktioniert, nicht nur das simple Rein-Raus der Bauernburschen."

Er sprach schon wieder über Erotik.

Zarahs Atem stockte.

Wilde Gedanken drehten sich im Kreis.
Sie presste die Schenkel zusammen.

„Die alten Griechen hatten Liebeslehrer, die ihnen zeigten, wie Verführung funktioniert und jeder auf seine Kosten kommt. Heute gibt sich die Gesellschaft ja ach so aufgeschlossen, und stattdessen wird der Alltag von Zugeknöpftheit und Pseudoerotik dominiert. Die Medien sind voll mit Sex, aber Erotik ist etwas ganz anders."

Er wendete sich wieder ihr zu.
„Wie ist denn so der Sex mit den jungen Herren, kommst du voll auf deine Kosten?"

Das wäre zu viel gewesen, so etwas hatte er nicht zu fragen. Er war ihr Lehrer!

Stattdessen antwortete sie gar nicht und presste die Schenkel noch mehr zusammen.
Ihr Höschen wurde klebrig feucht. Ein kleines Rinnsal hinterlies einen feuchten Fleck im Schritt ihrer Jeans.

„Sicher nicht, die wissen in dem Alter noch gar nichts und denken nur an sich."

„Weist du, als ich in deinem Alter war, hatte ich eine Lehrerin, die mich in die Kunst der Liebe einführte, im wahrsten Sinne des Wortes."

Immer noch hielten seine Augen die ihren gefangen.
„Die reife Erfahrung, Zarah, das erste mal mit jemanden zu verbringen, der genau weis, was er tun muss, um Himmelsflüge auszulösen, ich habe es nie bereut."

Endlich wendete er wieder sich den Büchern zu.

Paul saß ganz nah neben ihr, seine linke Hand lässig auf der Lehne seines Stuhls, den Mittelfinger abgespreizt in Richtung ihrer geschwollenen pulsierenden Vulva.

Er öffnete den Deckel des obersten Buches.

„Schau mal, hier. Die alten Griechen wussten sich zu vergnügen. Diese Position nennt man den lebendigen Tisch." Auf allen vieren kniete ein nackter Mann mit stehendem Glied auf dem Boden. Eine Frau lag mit gespreizten Beinen auf ihm, Rücken an Rücken, penetriert von einem Dritten.

„Und was passiert heutzutage in den Betten? Stellungswechsel, und danach wird es langweilig. Kein Wunder, dass die Scheidungsrate sich ständig erhöht, Langeweile kommt auf, und die Menschen suchen ihr Heil bei anderen Partnern, wo sich wenig später die gleiche Lethargie einstellt."

Paul schnupperte. Er senkte den Kopf, zog tief die Luft durch die Nase ein.
„Du bist ganz feucht, stimmt`s, ich rieche es. Das macht dich an? Ist denn dein Freund gut genug im Bett?"

Seine Finger lagen plötzlich in ihrem Schoß, ertasteten ihren nassen Schritt, drückten durch den Stoff fordernd gegen ihre Schamlippen. Er wendete sich voll zu ihr um, drehte mit der anderen Hand durch ihre Bluse hindurch ihre Brustwarze zwischen seinen Fingerspitzen.

„Und was, ist dein Freund gut im Bett oder nicht?"

Zarah schwanden fast die Sinne.

Schwallweise ergoß sich der Saft ihrer jungfräuliche Scham gegen seine Hand, die fordernd presste und drückte, was in der Jeans gegen die Enge ihrer Hose rebellierte.

Furcht vor der ungewohnten Situation wurde verdrängt durch ein Begehren, welches Tagträume nie ausgerichtet hatten.
„Ich ...Aaah."
Sie presste ihren Unterleib gegen seine Finger.

„Noch nie...."

„Du bist noch Jungfrau? Das dachte ich mir doch."

Paul zog seine Hände zurück.

„Nun gut, ich kann dir einiges beibringen, wenn du willst. Ich bin dein Lehrer, im Unterricht, und sonst auch. Du gibst dir Mühe, gut zu lernen, und befolgst meine Anweisungen, und zwar alle, ohne Ausnahme. Du kannst mich Paul nennen, aber nur, wenn wir alleine sind.
Was du von mir verlangst, ist verboten, also sei diskret!"

Zarah nickte.

„Ich gebe dir Bescheid, wann die erste Privatstunde stattfindet."

Mit nassem Schritt und völlig verwirrt schickte er sie fort.

In den nächsten Tagen wartete sie ungeduldig auf ein Zeichen von ihm.
Er hatte ein Feuer der neugierigen Wollust in ihr entfacht, was nur er zu löschen vermochte.

Ihre Gedanken kreisten um den Tag, an dem er sie zu sich rufen würde. Was würde er mit ihr tun?

Herr Paul zeigte sich bedeckt. Er behandelte sie wieder so wie jeden seiner Schüler.

Hatte er nur mit ihr gespielt?

Kein Hinweis auf den baldigen Beginn seiner Privatstunden der besonderen Art ereilte sie.

Zwei lange Wochen später wurde ihr Warten belohnt.

„Heute, gleiche Zeit, gleicher Ort! Es sei denn, du hast es dir anders überlegt?"
flüsterte er ihr, sich über sie beugend und einen Kontrollblick auf ihr Arbeitsblatt imitierend, zu.

„Ja." hauchte Zarah zurück.

Die Klasse vor ihnen bemerkte nichts von ihrer gemeinsamen Abmachung.

Er streifte mit der Hand über ihre Brustwarze, als er sich wieder aufrichtete.

Zarah erschauderte.
Der Reiz des unwirklich scheinenden Verbotenen und die Erwartung auf den kommenden Abend ließen ihre Schamlippen anschwellen.

Und ob sie noch wollte.

.

Die Tür zur Bibliothek war bereits geöffnet, als sie eintraf.

Sie schlich unsicher den spärlich beleuchteten Flur entlang, hinter der eichenen Tür brannte diffuses Licht.

Zarah stand zögerlich in der Tür.

„Bleib stehen. Zieh deine Hose aus! Gleich da vorn!"
Paul saß lässig auf dem Schreibtisch.

Ein wenig linkisch striff sie sich die Schuhe von den Füßen, öffnete die Jeans und entledigte sich ihrer.

„Das Höschen auch, runter damit!"

Zarah, noch nie im Leben außerhalb ihrer Gedankenwelt mit einem Mann zusammen gewesen, zitterte vor Erregung.

„Lass die Bluse an, komm her zu mir. Setzt dich hier hin!"

Herr Paul stand auf, trat zurück und wies auf den Schreibtisch.

Zarah setzte sich auf den Platz, den er nun für sie frei gemacht hatte.

Dunkler Flaum bedeckte ihre Scham.

„Spreiz deine Schenkel!"

Paul steckte sich einen Daumen in den Mund, dann fuhr er diesen sanft in ihr Loch. „Oh, gut, wunderbar, du läufst fast aus." Er leckte sich den Saft vom Daumen ab." Aber trotzdem können wir so nicht arbeiten. Schau dich an, all die Haare, die gehören da nicht hin!"

Er trat zurück und musterte ihre behaarte Möse.
„Du bist eine Frau, keine Äffin!"
Zarah schämte sich. Eine Rasur ihres Körpers hatte sie bis heut nie in Betracht gezogen.
Sie fand sich schön, so natürlich wie sie war.

„Ich möchte, dass du in der nächsten Lateinstunde einen Rock trägst, halblang, nicht zu kurz. Kein Höschen darunter! Ich werde es genau kontrollieren, mach es gründlich! Das einzige Haar, was ich an dir sehen möchte, ist das auf deinem Kopf. Für heute war das alles, gute Nacht."

Er schickte sie wieder weg.

Zarah klopfte noch in dieser Nacht an die Tür des Zimmers der Mädchen neben ihr und bat um einen Einwegrasierer.
Kichernd und mit einem „Viel Spaß noch!" drückte ihre Nachbarin ihr die plastikummantelten Klingen in die Hand.

Die meisten Mädchen besaßen Rasierer.

Später stand sie unter der Dusche.
Ihr Schamhaar verschwand mit dem schaumigen Wasser im
Abfluss des Duschbeckens, ihre blank rasierten Achseln fühlten
sich weich an, ihre Scham wunderbar zart, und auch ihre Beine
wurden von Flaum befreit.

Danach wühlte sie sich in ihre Laken, um den Brand, den Paul in
ihr entfacht hatte, selbst zu löschen.

Es wollte ihr nicht so recht gelingen.

Er hatte seinen Daumen in ihre Vulva gesteckt, als wäre es das
natürlichste auf der ganzen Welt.

Ihre Finger wühlten lange in ihrem Becken, bis die Ekstase ihres
Unterleibes erschöpft und müde wurde.

Mit seinem Bild vor ihrem geistigen Auge schlief sie ein, und mit
seinem Bild im Kopf erwachte sie am nächsten Morgen. Sie wollte
so viel lernen und so viel spüren.

Herr Paul – wer hätte das gedacht.

Zarahs Lateinstunde war wie immer die letzte des Tages.

Sie trug unter ihrem braunen knielangen Rock nichts, ihres
Höschens hatte sie sich kurz vor Beginn des Unterrichts eilig auf
der Schultoilette entledigt.

Paul stand an der Tafel und erläuterte Fälle und Vokabeln.
Wieder kein Blick von ihm zu ihr.

Nach der Stunde wartete sie an ihrer Bank.

Die letzten Mitschüler verließen den Raum.

Er rief sie an die Tafel.

„Setzt dich auf das Pult! Dann zeig mal dein Werk her!"

Sie zog den Rocksaum nach oben und lies sich betrachten.

„Ja, so ist es viel besser, viel viel besser." Zärtlich glitten seine Fingerspitzen über ihren Liebeshügel. Sanft teilten sie ihre Schamlippen. Wollust durchströmte ihren Körper.
Er kniete sich vor sie.

Seine Hände schoben ihre Schenkel noch weiter auseinander.
„Ich möchte deine volle Pracht sehen. Du bist so weich und feucht, das ist so gut."

Seine Finger tasteten sich weiter in sie. Schlüpfrig, warm, heiss, ihre Muschi schwoll ins Unermessliche.

Zarah schien für sich selbst nur noch aus ihrem Unterleib zu bestehen. Sie lehnte sich zurück und presste sich gegen seine tastenden Berührungen.

Ihre zartrosa Klitoris glühte.

Tiefer drangen seine Finger ein, immer tiefer und forschender.

„Du bist wirklich noch Jungfrau. Es ist mir unverständlich, bei deiner Gier nach Erfüllung. Gut, wir sehen uns heute Abend in einer Woche. Ich möchte, dass du bis dahin eine Hausaufgabe erledigst! Zeichne mir Bilder von deiner Scham. Zeichne sie geschlossen, leicht geöffnet, weit und gefüllt. Ich möchte, dass du deine Möse im Spiegel betrachtest. Zeichne alles ganz genau. Ich vergleiche die Bilder mit der Realität. Das war`s für heute, du kannst gehen!"

Ihre feuchten Schenkel klebten auf dem Weg in ihr Zimmer aneinander.
Eine Hausaufgabe? So eine Hausaufgabe? Warum nicht?

Noch am selben Abend begann sie ihre Skizzen.

Ihr Handspiegel gab das Bild ihrer feucht schimmernden Möse wieder.

Paul würde diese Skizzen sehen.

Auf dem Bett sitzend, die Beine gespreizt, betrachtete sie ihre Scham im Spiegel.

Ihre Finger spielten mit ihr, vermochten aber nicht den Reiz hervorzurufen, den sie noch am Nachmittag gespürt hatte.

Er wollte sie gefüllt sehen. Sie sah sich um. Nichts. Ein stumpfer Brieföffner. Diesen schob sie sich tief in ihr Loch. Es fiel ihr schwer, sich auf das Zeichnen zu konzentrieren.

Ihr eigenes Spiegelbild erregte sie bei der Vorstellung, dass er bald denselben Anblick genießen würde.

Er hatte gesagt, er wolle sich alles intensiv ansehen und die Skizzen auf ihre Genauigkeit kontrollieren. Würde er auch einen Brieföffner in sie schieben wollen? Wohl kaum.

Zarah zeichnete die halbe Nacht.

Eine Woche später in der Bibliothek.

Sie trug wieder einen Rock, nichts darunter.

In der Hand die Skizzen.

Paul sah sich ihre Zeichnungen an.

„Du zeichnest sehr gut, Zarah. Zieh den Rock aus und setzt dich auf den Schreibtisch!
Dann schauen wir mal, ob sie detailgetreu sind."

Paul setzte sich vor sie, seine Augen in gleicher Höhe wie ihr Nabel.

Sein Zeigefinger fuhr über die Linien des ersten Blattes hinweg.

„Eine gut ausgeprägte Knospe blitzt da hervor!"
Zart rieb er ihre hervorstehende Klitoris in natura.
„Schon kommen wir zu Blatt zwei, deine Lippen öffnen sich leicht.
Wie schön."

Er beleckte seinen Zeigefinger und strich dann über den Rand
ihrer Schamlippen. Zarah schauderte. Ihre Brustwarzen stellten
sich steil in die Höhe und verlangten ebenso nach Liebkosung.

„Blatt drei, weit offen!"
Sie spreizte ihre Schenkel, um ihr Innerstes preiszugeben.

„Blatt vier, ein Messer? Du hast wirklich ein Messer in dich
eingeführt? Ein schöner Anblick. Keine Angst, ich benutze kein
Messer. Vertrau mir. Ich möchte dich lehren und dir nicht
wehtun. Leg dich zurück und schließ die Augen!"

„Es war nur ein...." egal.

Zarah Becken lag genau vor ihm. Ihre feuchte Grotte geöffnet.

Seine Lippen näherten sich ihrer rosa schimmernden Möse.

Er küsste ihre weiche Haut so zart wie der Flügelschlag eines
Schmetterlings.
Immer wieder.

Sein Atem glitt über ihre Vulva. Seine Zungenspitze zerteilte sanft
den inneren Rand ihres Loches und drang vorsichtig tiefer hinein.

Seine Hände hoben ihren Schoß und noch tiefer fand seine Zunge
ihren Weg.
Ein Schwall ergoss sich auf seine Lippen.

Ihr Körper bebte.

„Schön, dass es dir gefällt. Eine Zunge ist besser als eine Klinge
aus Stahl."

Kurz vor dem Höhepunkt ihrer Ekstase setzte er ihren Hintern wieder auf die Schreibtischplatte und wischte sich den Mund ab.

Mit glasigen Augen sah Zarah ihn an.

„Du kannst gehen, ich melde mich bei dir."

Taumelnd suchte sie den Weg in ihr Zimmer, kaum eines klaren Gedankens fähig.

Sie wollte mehr!

Die tosende Begierde ihres Schoßes legte sich nur langsam.

Herr Paul hatte Zarahs Weiblichkeit geweckt, und sie wollte ihm gefallen.

Die Zeit der tristen Mode verflüchtigte sich aus ihrem Leben.

In der Stadt shoppte sie durch verschiedene Läden, kaufte sich knappere farbenfrohere Stücke, nicht schlampig, aber körperbetonter.

Geld hierfür hatte sie genug, ihr Vater versorgte sie monatlich mit einem stattlichen Taschengeld, welches sie bisher kaum angerührt hatte.

Die Krönung ihres Stadtbummels war der Besuch eines Kosmetikstudios.

Zarte Pastelltöne standen ihr ausgezeichnet.
Zarahs Blick in den Spiegel zeigte ihr eine älter wirkende Schönheit. Sie fühlte sich wie maskiert, es gefiel ihr.

Maskerade der Schönheit.

Männer auf der Straße drehten sich nach ihr um.

Den Pferdeschwanz hatte sie gelöst, voll glitt ihr Haar über ihre Schultern.

Sie fühlte sich begehrt, begehrte nur den einen.

Herr Paul.

Die kommenden Wochen vergingen, in welchen sie sich selbst nach seiner Nähe verzehrte.

Er ignorierte sie völlig.

Drei Wochen lang kein Blick von ihm, keine Geste, kein Wort an sie.
Selbst im Unterricht ließ er sie abseits.

Ihr neues Outfit schien er nicht zu bemerken, er schien sie gänzlich nicht zu bemerken.
Sie war Luft für ihn, und er wie die Luft, die sie zum Atmen brauchte.
Drei lange Wochen.

Wieder Latein, wieder kein Blick.

Dann endlich trat er an sie heran.

„Na, mein Fräulein, wie geht es dir? Du hast dich ja richtig herausgeputzt." Er hatte ihren Wandel also doch bemerkt.

„Dir fehlt noch ein wenig Schliff zur Femme Fatale, aber du bist auf dem besten Weg dahin."

„Komm heute Abend zu mir nach Hause. Geh leise durch den Hintereingang, es braucht dich keiner zu sehen. Gleiche Zeit, anderer Ort."

Er drückte ihr ein Zettelchen mit seiner Adresse in die Hand.

„Ich möchte, dass du nackt bist, trage nur einen Mantel und Schuhe. Ich setze voraus, deine Möse ist blank rasiert?" Er schob seine Hand von oben in ihren Slip, befingerte ihren Spalt, während sie sich unter seinen Berührungen wand.

„Naja, du solltest noch einmal ordentlich nachrasieren."

Er zog die Finger zurück und verlies den Raum.

Pauls Haus lag in einer kleinen ruhigen Seitenstraße mit einem Grundstück am Waldrand.
Es war das letzte Haus in einer Sackgasse.

Die nächsten Nachbarn wohnten in Rufweite.

Nettes Vorstadthaus, unauffällig, mittlere Größe, sanft schimmerte Licht durch die zugezogenen Gardinen.

Zarah trug ihren Mantel. Ihre neuen Schaftstiefel schlossen über dem Knie.

Sie klopfte an der Hintertür.

Drinnen leichte Schritte, nicht sie eines Mannes.

Ein Mädchen in einem roten viel zu großen Bademantel, ein oder zwei Jahre älter als Zarah, öffnete die Tür und lugte hervor.

„Ja?"

„Ich, ich sollte ...." Zarah verschlug es die Stimme. Sie war sicher am verkehrten Haus.

„Ich wollte zu... mein Lehrer, ich muss..."

„Du bist bestimmt Zarah, richtig? Komm rein, er wartet schon auf dich.".

Was sollte das? Was wollte dieses Mädchen hier? War sie selbst etwa nicht die einzige, die in seiner Gunst stand?

Zarah hatte große Lust, auf der Stelle umzudrehen.

Das Mädchen bemerkte ihr Zögern.
„Na komm schon rein, dir ist bestimmt kalt." Der Blick des Mädchens fiel spöttisch auf Zarahs nackte Schenkel, die unter dem Mantelrand hell hervorblitzten.

„Ich bin Fine, komm schon rein."

Fine lächelte ihr ermutigend zu.

Zarah Herz krampfte sich eifersüchtig zusammen.

Sie trat ins Haus, ihre zarten Fäuste in den Taschen des Mantels geballt.

Hinter Fine ging sie durch einen dunklen Flur in ein Schlafzimmer.
Fine deutete auf ein breites Bett.

„Setz dich, er kommt gleich! Und leg schon mal ab! Schöne Stiefel."

Nackt saß Zarah auf der Kante des Bettes, ihr war unbehaglich.
Am liebsten wäre sie aufgestanden und gegangen.

Er war ihr Lehrer, und sie sollte all seinen Weisungen folgen.
Zarah blieb.

Neben ihr auf dem Bett lag ihr Mantel. Ihre Stiefel zog sie nicht aus, noch nicht. Vielleicht ging sie ja gleich wieder, wer weis. Die Situation war ihr zu unbehaglich.

Sie sah sich um.

Das Bett war mit einer schwarzen Samtdecke überzogen. Es wirkte mondän.

Am Kopfende hang ein großer Spiegel an der Wand.

Auch an der Decke befand sich ein Spiegel.

Sehr delikat, befand sie.

Auf einem kleinen Tischchen stand eine silberne Dose, daneben ein längliches blaues Kästchen mit einer silbernen Schleife verziert.

Außerdem lag da noch ein kleines weißes Seidentüchlein.

Kerzenlicht beleuchtete die Szenerie.

Die Türe öffnete sich, Paul trat herein.

„Du bist ein wenig verunsichert, stimmt`s? Du fragst dich, was Fine hier bei mir zu suchen hat. Wir brauchen sie heute Abend. Ich möchte sehen, was du schon gelernt hast. Oh, deine Stiefel sind sehr schön."

Er trat an sie heran und strich ihr sacht mit der Handkante über ihren Schlitz. Sofort stand sie in Flammen.

„Fine, komm herein!"

Fine kam.
„Leg dich hin, Fine, wie wir es besprochen haben!" Zu Zarah gewandt: „Sie ist ein nettes Mädchen."

Fine rekelte sich nackt auf dem Bett und bot ihre rasierte Scham feil. Sie stützte sich rücklings auf ihre Ellenbogen, zeigte ihre rosa Fotze, hob ihr Becken an und lies den Unterleib kreisen.

„Ach, Fine, du bekommst auch nie genug, was?"

Er wendete sich Zarah zu.
„Du hast meine Zungenspiele letztens genossen, und nun möchte ich, dass du Fine denselben Gefallen tust. Verwöhn sie mit deinem Mund, nur deinem Mund, auch wenn sie dich bettelt, ihr die Finger zu gönnen. Ich werde mich später persönlich um dich kümmern."

Was, sie sollte Fine lecken? In was war sie da geraten? Mit einem Mann, das war die eine Sache, ein Frau aber, nein.

„Was ist, willst du nicht anfangen? Du solltest meinen Anweisungen klar Folge leisten. Was ist, willst du abbrechen?" Zarah stand dem Bett zugewandt, er schob ihr wieder die Finger in den Schritt, diesmal von hinten, den Daumen in ihr Loch gebohrt.

„Ich bin der Lehrer, und ich bestimme, was passiert wird, ist das klar, ansonsten geh!"

Zarah beugte sich zu Fines Muschi hin.
Ihre Zunge tastete sich in unbekanntes Gebiet vor.
Die Spitze ihrer Zunge glitt über Fines Loch, und dann versuchte sie, dem Mädchen all das zu geben, was sie selbst von Paul drei Wochen zuvor erhalten hatte. Ekstase.

Sie knabberte sanft an Fines Klitoris, steckte ihr abwechselnd die Zunge ins Loch und leckte dann wieder breit über den Schamhügel, der unter ihrem Lecken zu zerfliesen drohte.

„Sie macht es so guuut!"
Fines Hände krallten sich ins Laken.
Der Unterkörper hob sich begierig ihrem Mund entgegen, drückte und presste sich an sie. „Bitte, nimm die Finger, bitte machs es mir noch härter!" flehte Fine. Zarah leckte weiter, wie ihr geheißen, empfand jedoch mehr Ekel als Lust.

Fine schmeckte leicht salzig und fleischig. Ihr Saft war nichts für Zarahs Geschmack.

Paul näherte sich ihr von hinten.

„Mach weiter Zarah, mach weiter, leck sie!"

Aus dem blauen Kästchen hatte er einen Dildo hervorgeholt. Das Döschen neben dem Bett enthielt Gel, welches er dick auf dem Gummischwanz verteilte.

Zarah kniete weiter auf dem Bett, ihr nacktes Hinterteil in seine Richtung streckend.

„So wie dein Loch überquillt, hätte ich mir das Gel wohl sparen können. Du bist lang genug Jungfrau gewesen, Zarah, leck Fine weiter, während ich dir dein Loch richtig ficke!"
Zart schob er den Kopf des Gummiteils voran, tiefer. Noch tiefer. Zarah stöhnte. Ihre Möse drohte zu zerbersten, vor Lust und Schmerz.

Paul bewegte den Kunstpimmel ein wenig vor und zurück, dann schneller und schneller, er erhöhte den Druck.

„Soll ich dich ficken, Zarah? Soll ich dich ficken?"

Mit diesen Worten rammte er ihr den Dildo mit solcher Macht ins Loch, dass sie fast auf Fine überfiel.

Der Schmerz, den sie spürte, ausgelöst vom Riss des Jungfernhäutchens, wurde von einer orgiastischen Welle überrollt.

Mit der freien Hand hielt er sie unter dem Bauch nach oben, mit der anderen Hand bestimmt er den Takt des harten Tanzes in ihrem Körper.

Hart stieß er zu, ihre Möse brannte, lechzte nach mehr und verkrampfte sich gleichzeitig im Schmerz.
„Das tut dir gut, nicht wahr? Du willst richtig hart rangenommen werden, was? Kleines Luder."

Tief bis zum Schaft rammt er den Dildo nochmals hinein, dann zog er ihn mit einem groben Ruck heraus.

Paul tupfte mit dem Seidentüchlein das kleine blutige Rinnsal der Defloration von ihren Schenkeln.

Zarah rollte sich auf die Seite neben Fine, die sie neugierig musterte. „Und, wie hast du dich gefühlt? Es ist geil, stimmt`s?"
Fines Augen blickten schelmisch fragend.

Erschöpft lag sie da.
„Schmerz und Lust gehören zusammen, Zarah. Jetzt hast du deine Jungfräulichkeit verloren."

Ja, das hatte sie, an einen Gummischwanz. Ein wenig mehr Romantik hätte es schon sein können. Warum hatte nicht er sie genommen?

Herr Paul steckte das blutbefleckte Tüchlein ein.

Als hätte er ihre Gedanken lesen können, sagte er: „Es geht hier nicht um mich, Zarah. Du sollst etwas lernen. Ich bin nur dein Lehrer."

Meinte er das ernst?
Hatte er keine Gefühle für sie?
Zarah fühlte sich leer, neben einem Mädchen liegend, welches in den selben Genuss gekommen zu sein schien, den sie nun erlebte.

Wie viele Schülerinnen dieser Art hatte er denn?
Das Gift der Eifersucht stieg wieder in ihr hoch. Sie wollte etwas Exklusives für Paul sein, nicht nur eine von vielen.

Tränen traten in ihre Augen.

„Geh jetzt, Fine, ich brauche dich nicht mehr."

Schmollend gehorchte das Mädchen.

Minuten später fiel die Tür hinter ihr ins Schloss.

Paul legte sich neben Zarah auf das Bett.

Er streichelte zärtlich ihre blutbefleckten Innenseiten der Schenkel.

Dann küsste er ihre Nippel.

Seine Zunge kreiste über ihren Nabel, näherte sich ihrem Unterleib, fuhr sacht über ihre geschundenen Schamlippen, drang zwischen sie ein und brachte der Hitze ein wenig Linderung.

Fordernd schob seine Zunge sich in die Tiefe ihres Loches hinein. Er schaute zu ihr hinauf.

„Du bist wunderschön, Zarah. Fine gehörte zu deinem Lernprogramm, nichts weiter."

Fine – wieso wollte er sie dabei haben? Und warum sollte sie, Zarah, einem Mädchen......?

Nein, so hatte sie sich ihr erstes Mal gewiss nicht vorgestellt. Hatte ihre Mutter sich genauso gefühlt, wenn sie von neuerlichen Eskapaden ihres Mannes erfuhr?

Zarah lag stumm an die Decke blickend da, eine Opferrolle stand ihr nicht gut.

Gewiss nicht.
Sie war nicht das kleine dumme Mädchen, für das er sie hielt.

Spiel du dein Spiel, ich spiele meines.

Die nächsten Tage und Wochen vergingen wie in Trance.

Zarah wollte Paul aus ihrem Kopf bekommen, doch so einfach war das nicht.

Er selbst machte keinerlei Anstalten, sich ihr neuerlich zu nähern.

Seitdem sie weinend aus seinem Haus gelaufen war, noch seine Worte „Entweder machen wir es nach meinen Regeln, oder wir lassen es." im Ohr, herrschte eisiges Schweigen.

Er hatte ihr hinterhergerufen, sie würde sich schon wieder melden.

Und über kurz oder lang würde sie dies auch tun.
Herr Paul hatte nicht nur zwischen ihren Beinen ein Feuer entfacht, er brannte auch in ihrem Herzen.

Ein paar mal hatte sie sich zum Lateinunterricht krankgemeldet, um ihm nicht begegnen zu müssen.

Wenn sie ihn sah, brannten Begierde und Liebe in ihr. Der Unterricht wurde für sie zweitrangig, ihre Leistungen ließen nach.

Was zählte, war er, nur er.

Sie musste ihn für sich gewinnen, voll und ganz.

Ihre Liebe zu ihm wuchs stetig, eine Liebe zu einem Mann, der ihr Vater, wenn nicht gar Großvater hätte sein können. Und der in puncto Gegenliebe Zurückhaltung zeigte?

Zarah fand sich selbst albern, aber waren nicht im Krieg und in der Liebe alle Mittel erlaubt?

Nein, sie wollte ihn nicht aufgeben.
Er musste doch auch etwas für sie empfinden, wie sonst konnte er so zärtlich zu ihr sein?

Sie musste sich ihm wieder nähern, sonst würde sie vergehen.

Zarah schrieb einen Brief.

Sie fühlte sich außer Stande, ihre Gedanken ihm gegenüber von Angesicht zu Angesicht zu äußern, ihm ihre Liebe zu gestehen fühlte sie sich zu schwach, wie sie auch immer verstummte, wenn sie mit ihm zusammen war.

Die Sehnsucht nach seinen Berührungen, ihr Verlangen nach seiner Haut, seinen Lippen, seine Händen, sie musste sie niederschreiben.

Sie wollte eins sein mit ihm, nur sie allein, sonst keine.

Der Hass auf Fine und all jene, die vielleicht noch in seiner Gunst standen, bohrte in ihr.

Nach der nächsten Lateinstunde drückte sie Paul ihre Zeilen in die Hand und verschwand wortlos, nun ihrerseits auf ein Zeichen von ihm wartend.

Sie hatte sich gebeugt.

Noch an diesem Abend klopfte es sacht an ihre Zimmertür.

Er stand davor!

Sie lies ihn hinein.

Endlich wieder allein mit ihm. Sein Anblick tat ihr so gut, und die Ungewissheit war so schmerzhaft.

„Du bist sehr lieb, danke für deine Zeilen, Zarah."
Er setzte sich auf ihr Bett.

„Ich fühle mich sehr geschmeichelt. Immerhin ist unser Altersunterschied nicht unbeträchtlich."

Zarah schwieg, wie so oft.

„Komm, setzt dich zu mir!"

Als sie neben ihm saß, ihren Kopf an seine Brust lehnte, seinen Geruch einatmete, fühlte sie sich geborgen, entspannte, endlich.

Zärtlich streichelte er sie, berührte ihr Haar, hielt sie im Arm.

„Meine kleine Zarah. Mein kleines Blümchen. Vertrau mir. Du musst noch so viel lernen, und ich kann dir so viel zeigen. Die Welt ist voll von Dingen, die noch auf dich warten. Ich möchte dir nicht wehtun, ich möchte dich Erfahrung lehren."

Kein Wort mehr von Fine.

„Nur wir beide?" fragte sie. Er antwortete nicht.

„Ich muss wieder gehen, man sollte mich nicht bei dir sehen. Komm morgen zu mir, wenn du möchtest."

Sie wollte, und ob.

Am nächsten Abend stand sie vor seiner Tür. Dieses mal hörte sie seine Schritte zum Eingangsbereich kommen.

Sie trat ein und er führte sie in ein gemütlich eingerichtetes Wohnzimmer.

Auf einem festlich gedeckten Tisch standen zwei Gläser Wein, der dezente Duft eines Bratens drang aus der Küche.

„Setzt dich, magst du Reh? Ich habe für uns gekocht."

„Ja, sehr."

Er hatte für sie gekocht.

Hob sie das im Stand?

Sicher.

Das Essen war vorzüglich, der Wein schwer, und Zarah, die so gut wie nie Alkohol trank, saß leicht beschwipst und gelöst auf ihrem Stuhl.

Er war ein guter Gastgeber, unterhaltsam, erzählte Storys aus seiner Jugend, brachte sie zum Lachen und behandelte sie wie eine gleichwertige Partnerin.

An diesem Abend geschah nichts körperliches zwischen ihnen.

Als sie ihre Arme um seinen Hals schlingen wollte, verwies er auf die späte Uhrzeit und schickte sie nach Haus.

An der Tür fragte er noch:
„Ich bekomme morgen Besuch, ein alter Freund von mir ist in der Stadt. Willst du morgen wieder kommen? Ich würde ihn dir gern vorstellen."

Er wollte ihr einen Freund vorstellen? Gern sagte sie zu.

„Ach, Zarah, wenn du wieder diesen Mantel trügest, und nichts darunter, das wäre so schön. Bitte, für mich? Ich würde meinen Bekannten gern mit dir beeindrucken." Die Erklärung für seinen Wunsch lieferte er ihr seiner Bitte gleich hinterher.

„Wenn dein Freund nicht Fine heißt, dann gern." kicherte sie.

Der nächste Abend.

Zarah wollte ihm gefallen, und alles dafür geben.
Er war so nett, so galant.
Ein anderer Mann? Ein Freund? Sicher wollte Paul mit ihr angeben. Na, wenn schon.

In Schaftstiefeln und Mantel klingelte sie bei ihm.

Paul öffnete, griff ihr durch den Mantel zwischen die Beine und drückte ihren nackten Schamhügel. „Willkommen, mein Engel."

Im Wohnzimmer saß ein Mann, schmalschultrig, Ende sechzig, kahlköpfig bis auf ein wenig zarten Flaum, und starrte sie mit glasigen Augen durch eine Brille hindurch an.

„Das ist Zarah, meine kleine Blume." stellte er sie vor. „Und das ist Jean, ein alter Kamerad von mir."

Jean war ein wenig größer als Paul.

Den Mantel behielt sie an.

„Mein Freund, ich bewundere dich für deinen auserlesenen Geschmack, zum Wohl." Jean prostete ihnen beiden zu.

Es gab wieder Wein, rot und schwer und süß.

Zarahs Sinne vernebelten sich zusehends.

„Zieh doch mal den Mantel aus, Zarah, hier ist es doch viel zu warm. Warte, ich helfe dir."

Paul streifte ihr den Stoff von den Schultern.

Sie saß nackt in ihren Stiefeln auf einem der drei Sessel, den Männern gegenüber, die Beine übereinander geschlagen.

Jean gierte sie mit seinen Blicken an. Er starrte ihr unverhohlen auf den Schritt.

Paul kam zu ihr herüber.

„Sie ist meine beste Schülerin, sehr lernfreudig, nicht wahr?"

Er kam mit seinem Mund nah an ihr Ohr, leckte über ihre Ohrmuschel und flüsterte ihr zu: „Zarah, blamier mich nicht vor meinem Freund, bitte. Ich möchte ihm zeigen, was ich an dir habe, und wovon er nie zu träumen wagen kann."

Sacht nickte sie.

Paul kniete sich vor sie.

Er spreizte leicht ihre Beine, das rosa farbene Fleisch glänzte satt und prall.

„Das ist ein Spalt! Er ist so wunderbar, so feucht." Seine Finger glitten in sie, Wollust und Wein ließen ihre Sinne fast schwinden.

„Darf ich sie auch berühren?" Jean stand nun neben ihnen, seine Finger streckten sich in Richtung ihrer Möse.

Auf Pauls fragenden Blick nickte sie.

Die erregt zitternden tastenden Finger des anderen wechselten Pauls Hände ab.

Jean kniete sich nun seinerseits vor Zarah, streichelte ihren Venushügel, betastete ihre Schamlippen, befühlte ihre geschwollene Klitoris.

„Darf ich eindringen?" Wieder nickte Zarah.

Jeans Finger schob sich in sie, bis die Breite seiner Hand ihm Einhalt gebot.

„Ich möchte so gern kosten!"

Zarah lies auch das zu.

Seine Zunge leckte langsam, breit und begierig über ihre Vulva, als wolle er nichts auslassen. Er hatte eine sehr lange Zunge, diese trat in die schmale Pforte ihrer Lust und tanzte wild in ihr.

„Oh, ist das himmlisch! Sie schmeckt so gut."

„Nun reicht`s aber, alter Freund, du wirst sie mir noch abspenstig machen. Du tust ihr zu gut."

Jean stand wieder auf, setzt sich zurück auf seinen Sessel und griff sich in den Schritt.

„Ich muß ihn rausholen, mir platzen gleich die Eier." Eine riesige Beule drückte seinen Reißverschluß nach außen.

Er öffnete seine Hose und hielt einen Schwanz in der Hand, der ihm alle Ehre machte.

Prall, dick geädert, stand sein Ding in die Höhe und berührte fast den Nabel seines behaarten Bauches.

Jean rieb seine Eichel.

„Kannst du bitte deine Beine noch einmal spreizen? Ich muss dein geiles Loch sehen."

Paul stellte sich hinter Zarah und fasste von oben ihre Schamlippen, zog diese auseinander, rieb ihre Klitoris und ermöglichte Jean die Sicht auf das, was höchste Wonne versprach.

„Ich muss noch näher ran!"

Der alte Mann stöhnte, lies sich auf seine Knie fallen, rutschte vor Zahras Schoß und schob seine Finger wieder in ihr Loch.

Er näherte sich mit dem Mund Zahras Fotze, und während Paul ihre Schamlippen immer noch spreizte, Jeans Finger ihr Loch stießen und seine Zunge wild ihre Klitoris massierte, ergoß sich ein Schwall Spermas zwischen Zarahs Füße.

„AAAAH! Ich komme!"

Und wie er kam. Sein Schwanz zuckt ewig in seiner Hand, während wieder und wieder weisse Tropfen zu Boden fielen.

„Mach ihn sauber! Lutsch ihn." befahl Jean.

Irritiert sah Zarah zu Paul hoch, der vereinte. „Das geht zu weit, mein Freund, ich hol dir ein Tuch. Das nächste Mal saust du mir nicht den Teppich voll."

Paul lies von ihr ab.

Jeans schlaffer Schwanz kleckerte noch immer, als Paul seinem Träger ein baumwollenes Tuch brachte.

„Hast du sie schon gefickt? Das ist ne geile Maus, ich würde sie gern mal rammeln, dass ihr Hören und Sehen vergeht. Was meinst du?"

„Es wäre besser, du gehst jetzt, Jean."

„Oh, du willst sie lieber selbst ficken, was? Na gut, dann lass ich euch mal allein."

„Jean ist ein Idiot. Ein netter Idiot, etwas einfach, aber verlässlich, gib nichts drauf. Du warst wunderbar, danke." sagte Paul, als sie allein waren.

„Hat es dir ein wenig gefallen?"
Ja, das hatte es. Zarah fand es berauschend, die Lust des fremden Mannes zu sehen, ohne dass er tun durfte, was sie nicht wollte.

Es war eine Gradwanderung. Sie spürte die Macht ihrer Erotik.

Und Pauls Freude, ihr Begehren, sie waren wie Verschworene in einem Spiel.

Sie beide hielten eine Macht in ihren Händen, die in Wechselspiel mündete. Er brauchte sie.
Sie waren sich einig.

Er hatte sie gefragt, ob sie einverstanden sei, und Jean in die Schranken gewiesen, als dieser zu fordernd wurde. Er hielt zu ihr.

Arme kleine Zarah, die sie einst gewesen war. So sehr verliebt, dass sie Pauls perversen Egotrip als ritterlich interpretierte.

Jetzt, mit über dreißig, viel erlebt, konnte sie ihre frühere Naivität kaum fassen.

Leider lernte sie aus ihren eigenen Fehlern, und nicht aus denen anderer.
Doch wenn andere solcherart Erfahrungen gemacht hätten, wäre die Wahrscheinlichkeit, aus diesen Fehlern zu lernen, sicher an deren Geheimhaltung gescheitert.

Wer schon hätte sich solcherart brüskiert.

Heute hätte sie sich gern diese bitterlichen Erfahrungen der Jugend erspart.

Ging aber nicht.
Die Zeit lies sich nicht zurückdrehen.

Manche Sachen allerdings würde sie auch nicht vermissen wollen.

Paul hatte eine Frau aus ihr gemacht, das ja.

Ihre Würde allerdings nahm er ihr dabei für lange Zeit.

Er hatte sie glauben machen, dass es normal sei, was er verlangte, in gewisser Hinsicht, aus Liebe eben.

Als wären sie ein Art Bonny und Clyde des Sex, die mit ihrem gespreizten Schoss die Welt auf den Kopf stellten, Männerhosen prall ausfüllten und sie auf seine Weisungen hin alles fickte, was daher kam und sie ficken wollte.

Nach der Sache mit Jean wollte sie mehr, vor allem, weil sie spürte, ihn damit halten und fesseln zu können.

Es war das erste Mal, das er ihr gegenüber nicht als Lehrer sondern als Partner auftrat, und nichts anderes wollte sie, er sollte ihr Partner sein.

Wenn er glücklich war, würde er auch nicht mehr auf Fine oder deren eventuelle Vertreterinnen angewiesen sein.

Sie war für ihn da, folgsam, liebestoll, geil, was wollte er mehr?

Im Unterricht beachtete er sie weiter nicht, sie mussten ihre Beziehung geheim halten, natürlich.

Was Paul drohen würde, wenn seine Liebe zu einer Schülerin bekannt würde, wusste sie.

Die sofortige Entlassung aus dem Schuldienst war dabei wohl noch das kleinere Übel.

Sie empfand das Katz- und Maus-Spiel mehr als reizvoll.

Hätten ihre Mitschüler gewusst, was dieser stille Herr Paul in seiner Freizeit so alles tat, und zwar mit ihr!

Und seine Kollegen, wenn die auch nur eine Ahnung gehabt hätten!

Nicht auszudenken.

Es vergnügte Zarah, sich die langen Gesichter vorzustellen, die „Ohs" und „Ahs", die „Nein, nicht doch`s" und die „Um Himmels Willen`s", wenn sie nach dem Unterricht auf der Schulbank sitzend mal schnell eben so von ihm geleckt wurde.

 Was, wenn ein Schüler oder ein Lehrer den Raum betraten, in dem Moment, in welchem er ihre erregte Scheide mit seinen Fingern auf Hochtouren brachte?

Das Risiko des Entdecktwerdenkönnens verlieh dem Spiel einen noch höheren Reiz.

Das Wochenende stand an.

Und sie freute sich darauf wie ein kleines Kind.

Er hatte sie eingeladen, ein Wochenende mit ihm zu verbringen, ein ganzes Wochenende!

Sie trafen sich in der Stadt und fuhren in seinem Auto übers Land, meilenweit.

Ihr kleines Köfferchen enthielt gerade das nötigste.

„Ich habe ein besonderes Wochenende für uns geplant, Zarah. Es wird wundervoll. Du wirst sehen. Es wird viel für dich zu entdecken geben"

An einem Motel einer nichtssagenden Kleinstadt hielten sie.

Paul checkte ein.

„Wir hätten gern eine Suite.
Zwei getrennte Schlafzimmer mit Verbindungstür."

Die Empfangsdame händigte ihm die Schlüssel aus.

Wieso wollte er getrennte Schlafzimmer?

Im Zimmer angekommen warf Zarah sich auf das Bett.

„Zwei Zimmer? Wieso?"

„Mein Blümchen ist aber neugierig. Das hat schon einen Sinn."
Vielsagend lächelte Paul sie an.

„Heute Abend gehen wir aus. Ich kenne in der Nähe eine tolle
Bar. Komm, lass uns in die Stadt fahren."

Sie bummelten durch die beschauliche Kleinstadt, schauten sich
in Boutiquen um, und Paul machte ihr ein paar Geschenke. Er
wollte sie ein wenig verwöhnen, sagte er. Zarah genoss es als
Zeichen seiner Zuneigung.

In einer Boutique kaufte er ihr einen Slip mit geöffnetem Schritt.
In einer anderen einen schwarzen Body, transparent, ouvert.

„Du wirst darin so umwerfend aussehen!"

Und er würde sie darin so umwerfend finden. Zarah freute sich
auf das Anprobieren.

Sie genoss den Nachmittag, an welchem sie wie ein verliebtes
Paar beim Bummeln und Shoppen waren.

Nur das Händchenhalten vermied er, aus Furcht, jemand könne
sie entdecken.

Am frühen Abend kehrten sie ins Hotel zurück, er warf sich auf
das Bett.
Sie legte sich neben ihn.

Paul streifte ihr die Bluse ab, den BH, küsste ihre Brüste, öffnete
ihre Hose, zog diese herunter, schob seine Finger in ihren Slip,
spielte mit ihrem Spalt, und Zarah stand in Flammen.

Er brauchte sie nur zu berühren, schon verging sie vor Begehren.

„Deine Nässe ist unbeschreiblich, du bist so unbeschreiblich.
Meine kleine Blume, du."

Zarah wollte ihn endlich in sich spüren.

Sie griff nach seinem Reisverschluss, er drehte sich von ihr fort.

„Nein, noch nicht, dafür ist es noch zu früh!"

Wieso zu früh, sie hatten schon so viel in so kurzer Zeit erlebt, und er sagte, es wäre noch zu früh?

„Hab noch ein wenig Geduld, Zarah, ich bitte dich. Es ist noch nicht soweit."

Sie war enttäuscht.

„Vertrau mir."

Ihre Enttäuschung löste sich auf, als er anfing, sie mit seinen Lippen zu verwöhnen. Schnell steigerte sich ihre Ekstase und entlud sich als Explosion in ihrem Unterleib.

Die Bar war eine verrauchte Kaschemme, ein Treffpunkt für Biker und Poolspieler.
Sie setzten sich an den Tresen.

„Ich möchte, dass du einen von den Typen anmachst und mit auf dein Zimmer nimmst. Du hast das vordere der beiden Zimmer.
Ich werde vom hinteren Zimmer aus auf dich aufpassen.
Erzähl ihnen, wenn sie fragen, ich sei dein Vater."

War er hergefahren, um sie an einen anderen abzugeben?

Und diese Typen waren ganz und gar nicht nach Zarahs Geschmack.

„Bitte, tu es für mich! Ich möchte es sehen. Ich will sehen, wie ein anderer dich fickt! Du sollst den Unterschied kennenlernen."

Worte, die er ihr ins Ohr flüsterte und die sie heiß machten.

Neben ihnen saß ein Zwei-Meter-Hühne mit Vollbart, mittleres Alter, der typische Biker. Lederkluft, Kopftuch, vor sich ein Bier.

„Nimm gleich den, der ist allein hier."

„Hi!" flüsterte sie.

„Ja, wasn?" Der Hühne drehte sich zu ihr um. „Willstn Bier? He, n Bier für die Kleine hier! Darfst du schon trinken? Ich meine, weil dein Alter neben dir hockt."
Die Biker schaute Paul von der Seite an. Dieser drehte sich weg.

„Scheint deinen Alten nicht wirklich zu interessieren, oder? Also dann Prost! Was machstn in so nem Schuppen, du Zarte? Dein Daddy geht gerade."

Paul war aufgestanden und durch die Tür verschwunden.

„Ich such ein Date für die Nacht."`

Der Biker prustete sein Bier über den Tisch.

„Was?" Er lachte und prustete weiter.

"Und dein Alter macht schon mal den Brautpreis aus, oder was? Mädel, du bist wie alt? Schon Siebzehn? Geh nach Hause. Date für die Nacht, so was. Biste ne Professionelle?"

„Mein Freund hat mich betrogen, und jetzt will ich es ihm heimzahlen.
Er soll leiden, wie ich gelitten habe."

„Was, willst de ihm per Handy ein Foto schicken von deiner heißen Nummer oder was? So ein Quatsch."

Zarahs Geistesblitz schien den Biker nicht sonderlich zu beeindrucken.

„Du hast mich gefragt, was ich hier mache, ich habs dir gesagt, fertig."

Zarah stand auf und ging Richtung Tür.

„Du wohnst im Drivers Inn, stimmts, hab dich da vorhin gesehen. Ich überleg``s mir, wenns dein Ernst ist." rief der Hühne ihr noch nach.

Vor der Bar stand Pauls Auto.
Sie fuhren schweigend zurück ins Motel.`

„Dann ändern wir eben den Plan für die Nacht."

Zarah legte sich nackt auf das Bett.

„Ich habe da etwas für dich." Paul brachte ein Kästchen zum Vorschein, welches Zarah schon einmal gesehen hatte.

Der Dildo lag schwer in Pauls Hand.

„Mach dich weit, meine Blume, mach dich ganz auf." Sanft schob er ihr die Eichel in ihr Loch, umspielte mit seiner Zunge ihre Möse. Der Schmerz der Defloration war verflogen, aber nicht vergessen. „Keine Angst, es wird nicht mehr wehtun!"

Nein, es tat nicht weh, es tat gut.

Rhythmisch schob er den Gummischwanz in sie, ihr Becken bäumte sich auf, der Saft quoll aus ihrer Fotze.

Er leckte sie und fickte sie mit dem Schwanz bis sie laut stöhnte, als es an der Tür klopfte.

Ein leises Klopfen. Noch einmal. Dann ein Flüstern. „Heh, Süße, schläfst du schon? Ich bin`s, der aus der Bar, dein Racheengel."

Fingerkuppen trommelten fordernd auf das Holz der Tür.

„Komm schon, mach auf, du hast mich ganz scharf gemacht. Lass mich nicht draußen stehen wie einen Trottel."

Stille.

„Heh, sag mal, du machst es dir grad selbst, was? Ich hab dich doch stöhnen gehört. Ich komm jetzt rein."

Die Türklinke drückte nach unten. Abgeschlossen.

Paul wies sie mit einer Handbewegung an, zu schweigen und schlüpfte aus dem Bett in den Nachbarraum.

„Mach ihm auf!" flüsterte er durch den Türspalt.

Zarah stand auf und ging zur Tür.

„Ah, was für eine Begrüßung! Meine Güte, das war aber nicht nötig, dass du dich gleich ausziehst. Das hätte ich doch für dich erledigen können. Gott, bist du ein geiles kleines Luder, dein Freund muss verrückt sein, dich zu betrügen."

Der Biker trat ins Zimmer und schloss die Tür. „Verdammt noch mal, was für eine Figur. Dich ficke ich durch, da kannst du deinem Freund aber was erzählen. Nach dem Bums mit mir willst du den eh nicht mehr."
Er grinst breit und streifte sich seine Jacke ab. Das Grinsen legte eine Lücke frei, die ehemals ein Vorderzahn ausgefüllt hatte.

Ein muskulöser Brustkorb kam zum Vorschein.

Die gestählte Schulterpartie, der breite Nacken verliehen ihm etwas Animalisches. Sie würde sich nicht wehren können.

Er stand ganz nah vor Zarah. Schaler Bierdunst entströmte seinem Mund.

Er packte sie und drehte sie schnell herum, klappste ihr auf den Hintern, beugte sie nach vorn.

Das Geräusch seines Reißverschlusses, dann rammte er ihr seinen Schwanz mit aller Macht zwischen die Beine.

Zarah schrie auf.

„Oh, ist er dir zu groß? Ja, ich hab nen Riesenlümmel."

Ihre Schmerzenslaute ignorierend, stieß er wieder zu, tief bis zum Schaft. In der Stellung verharrte er.

„Du kleines geiles Luder, du hast ja richtig drum gebettelt. Soll ich dich richtig ficken, ja? Sag schon."

„Ja."

Und er fickte sie, dass ihr Hören und Sehen verging.

War der Dildo schon ein Koloss gewesen, was da in ihr wütete war gigantischer, und vor allem echt. Hart und echt.

Zarah wurde zum ersten Mal richtig entjungfert.

Seine Hände hielten ihre schmalen Hüften, er presste sich in sie, so tief es nur ging.

Zarah flüchtiger Blick zur Zwischentür zeigte ihr ein Augenpaar, das aus der Dunkelheit des Türspaltes ihrem Treiben folgte.

Paul sah ihnen zu, natürlich, und das feuerte Zarah an.

Sie begann, die Stöße des Schwanzes zu erwidern, presste sich ihrerseits an ihn, führte seine Hand zu ihrer Möse und lies ihn sie reiben.

„Boah, bist du geil."

Er zog sich aus ihr zurück, drehte sie wieder herum, legte ihre Beine um seine Hüften und drückte sie an die Wand.

Dann fickte er sie in langen harten Stössen im Stehen von vorn.

Das Augenpaar beobachtete sie weiter.

Zarah stöhnte.

Er war über sie gekommen wie ein Orkan. Sie hatte keine Zeit, einen klaren Gedanken zu fassen. Das rhythmische Aneinanderklatschen ihrer Körper hallte in ihren Ohren. Sein Schwanz schien ihr Gehirn zu durchdringen.

Sie kam und kam, er fickte sie unendlich lang.

Sein riesiger Schwanz rammte wie ein Vorschlaghammer ihre Vulva, füllte sie zum Bersten aus, seine Eier klopften im Takt gegen ihr Fleisch.

Er fickte sie wie von Sinnen. Wie ein Stier.

Sie wurde auf das Bett geworfen. Er drückte ihren Kopf auf die Kissen, legte sich auf sie, drang von hinten in sie ein und stieß weiter zu.

Schweißgebadet lag er auf ihr, seine Bewegungen wurden vom Zucken seines Schwanzes unterbrochen. Er stöhnte auf und entlud sich in ihr.

„Ah, war das ne Nummer. Mädel, du bist ne Wucht."

Er rollte sich von ihr herunter auf die Seite.

Sein Schwanz stand noch immer prall aus dem Hosenstall heraus, er hatte sich nicht einmal die Mühe gemacht, die Hose auszuziehen.

„Willst du jetzt ein Foto machen, für deinen Freund, ich mein, so lange er noch steht?"

Der Biker grinste.

„Den hast du aber dann ganz verloren, der scheut sicher die Konkurrenz. Oder gibt's noch wen mit so nem Riesending?" Versonnen schaute er auf seinen Schwanz.

„Wars geil für dich, kleine Maus? Komm, kuschel dich an mich. Hast Liebeskummer, was?"

Er zog ihren Kopf an seine Brust.

„Wart mal, ich lieg auf was drauf. Wasn das?"

Er zog den Dildo unter seinem Rücken hervor. „Heh, ich habs gewusst, du hast`s dir vorhin selbst gemacht. Mit nem Gummiding. Stehst du da drauf?" Er `schlug den Schwanz gegen seine Hand. Mit mir war`s doch besser, oder? "

Zarah nickte.

„Du bist doch keine alte Jungfer, die keiner mehr vögeln will, im Gegenteil, hau das Ding weg."

Der Gummischwanz flog an die Wand und prallte auf den Fußboden.
Genüsslich räkelte er sich im Bett.

„Was für ein Abend."

Urplötzlich stand Paul neben ihnen.

Er kreischte. „Raus mit Dir, du Sau, vergreifst dich an einer Minderjährigen!"

Leise, den Überraschungsmoment innerlich bereits auskostend, hatte er sich herangeschlichen.

Der Biker sprang mit einem Satz aus dem Bett.

„Was, wieso minderjährig...."

„Verschwinde, oder ich rufe die Polizei, vergreift sich an meiner Tochter. Du Schwein!"

„Hör mal Alter, mach halblang. Du hast sie doch in die Bar geschleppt, was weis ich denn, dass sie noch keine achtzehn ist."

„Raus!"

Paul, beeindruckend wie David gegen Goliath, drängte ihn an die Tür.

„Verschwinde, sofort!"

Die Tür fiel hinter dem Zweimetermann ins Schloss.

„Ha, dem habe ich einen Schrecken eingejagt!" meinte er selbstzufrieden.

„Er hat dich ja ganz schön rangenommen. Geht es dir gut?"

Paul schloss die Tür ab.

Er nahm Zarah in seine Arme, zog sie an sich.

„Mein Engel, meine Süße, du machst mich so glücklich."

Er küsste sie auf die Stirn.

„Lass keine Emotionen bei den Figuren in unserem Spiel zu. Gefühle existieren nur zwischen uns, die anderen sind Statisten. Es macht mich eifersüchtig, wenn dich jemand liebevoll in den Arm nimmt. Das steht nur mir zu.„

Es klopfte an der Tür.

Er ließ sie los.

„Was ist? Wer ist da?"
Der Biker.

„Meine Jacke, ich habe meine Jacke vergessen."

„Zarah, leg dich auf das Bett, los! Und spreiz die Beine!"

Paul ging zur Tür.

Er öffnete. Der Biker kam mit gesenktem Kopf herein.

„Es tut mir leid, ich wusste nicht, dass ihre Tochter noch minderjährig....“

„Oh, wie sieht sie denn aus, etwa volljährig?“

Paul trat ans Bett heran.

„Diese Haut, so zart wie Seide, diese Brüste wie kleine Äpfel, diese Scham, fast noch jungfräulich.“ mit seiner Hand fuhr er an Zarahs Körper entlang.

„Und du entweihst sie!“

Der Biker stand wie angewurzelt und verfolgte ungläubig den Weg der Hand.

Pauls Finger schoben sich zwischen Zarahs Beine.

„Du hast sie besudelt! Du hast ihr dein Sperma in sie gepumpt, du Schwein!“ Seine Finger schoben sich in ihre Leibeshöhle.

„Du fickst sie einfach. Du fickst mein kleines Engelchen.“

Zärtlich presste Paul seine Lippen auf ihren Schamhügel und steckte seine Zunge in ihr Loch. Er vergrub seinen Kopf zwischen ihren Beinen, Zarah stöhnte auf und hob ihr Becken.

„Ihr seid ja total verrückt!“

Der Biker schnappte sich seine Jacke und schmiss die Tür hinter sich zu.

Paul grinste diabolisch.

„Kleiner Dreckskerl kommt hier mit Gefühlen an.“

Er legte sich neben Zarah. Zärtlich streichelte er sie. „Du bist mein, nur mein. Vergiss das nicht.“

Sie war glücklich, er liebte sie, wollte sie emotional ganz für sich.

Was er auch verlangte, sie würde es tun, sie wollte ihn glücklich machen. Ja, sie gehörte ihm. Und er ihr.

Die Wochen vergingen.

Nach dem Wochenendausflug lies Paul sie lernen.

Ihre Leistungen hatten sich verschlechtert.

Das duldete er nicht.

Er wollte ihre Zukunft gesichert wissen, sagte er.

Zarah fand das so in Ordnung. Sie sahen sich nur noch im Unterricht, maximal Wortgeplänkel, wenn sie allein waren.

Was Paul sagte, tat sie. Er wusste, was gut für sie war. Vier Wochen, sagte er, vier Wochen Pause und sichtbare Lernerfolge.

Zarahs Gedanken kreisten weiter um ihn.

Die vier Wochen zogen sich unendlich in die Länge.

Ihr Herz verzehrte sich, aber sie tat, was sie tun musste, um ihm zu gefallen.

Die Wartezeit war um. Und ein neuerliches Wochenende stand vor der Tür.

„Heut Abend, bei mir, trag deinen durchsichtigen Body!"

„Ja!" hauchte sie glücklich, endlich.

Sie trug den Body, darüber den Mantel. Stiefel, sonst nichts.

Sie waren allein im Haus.

„Ich möchte dir etwas zeigen. Komm, es wird dir sicher gefallen."

Paul öffnete eine kleine Tür im Treppenhaus.
Eine schmale Holztreppe herunter führte in die Tiefe, kaltes Licht strahlte den kleinen Kellerraum aus. Hinter einer alten Decke an der Wand eine winzige Tür, verriegelt. Er öffnete den Raum dahinter. Neonröhren brummten kurz auf und tauchten alles in grelles Weiß.

Gefliese Wände. Ein Stahltisch stand mitten im Raum. An der Wand Lederriemen, Haken, auf Regalen gynäkologische Instrumente, ein Untersuchungsstuhl einer Frauenarztpraxis. Dildos in allen Größen.

„Das ist mein kleines Verlies. Die Wände sind schalldicht isoliert. Gefällt es dir?"

Vertrauen, hatte er verlangt. Nein, ihr gefiel es nicht wirklich. Sie nickte stumm.

„Schau dir alles genau an. Ich habe sehr viel Zeit und Liebe ins Detail investiert. Ich möchte dir heute etwas Neues beibringen. Setzt dich dahin!"

Zarah setzte sich auf den Untersuchungsstuhl.

Er legte ihre Beine über die dafür vorgesehenen Halterungen. Dann zog er die Stiefel von ihren Füssen. Den Mantel hatte er ihr bereits im Flur abgenommen.

Der schwarze durchsichtige Body, den sie trug, war im Schritt offen.
Er stellte sich vor sie zwischen ihre Beine.

„Vertrau mir." Mit ledernen Riemen schnallte er ihre Hände an die Armlehnen.

Seine blauen Augen blickten kalt.

„Mund auf!"

Eine Gummikugel schob sich zwischen ihre Zähne und wurde mit einem Riemchen hinter ihrem Kopf verschnürt.

„Du hast da ein Bild gezeichnet. Du hast deine Fotze mit einem Messer gefüllt."

„Argh!" Sie war nicht in der Lage, sich zu artikulieren. Das war doch gar kein Messer.

Von einem metallenen Tischchen nahm er ein Skalpell.

"Mal schauen wie dir das gefällt." Zarahs Augen weiteten sich angstvoll. Er fuhr mit der stumpfen Seite des scharfen Stahls über ihre Schenkel.

„Angst?
„Ich könnte dich beschneiden! Dann würdest du nicht mehr stöhnen müssen, wenn dich jemand fickt, wie wäre das?"

Er war verrückt geworden, sicher, seine Augen schauten wirr.

Das Skalpell lag an ihrer Klitoris. Leicht ritzte er in die zarte Haut, ein Blutstropfen trat aus.

„Gehörst du mir?" Ja, sie nickte eifrig.

„Gehörst du sonst noch jemandem?" Nein, sie schüttelte den Kopf. Unartikulierte Laute drangen an dem Gummiball vorbei.

Er führte das Skalpell langsam in sie ein. „Halt ganz still, beweg dich nicht, sonst liegt es an dir, wenn du blutest."

Das Skalpell verschwand fast in ihr. Sie wagte nicht, auch nur zu atmen.

„Gefällt es dir?" Nein, sie schüttelte zaghaft den Kopf. Panik machte sich in ihr breit. Was sollte das?

„Doch, es gefällt dir! Ganz sicher."

Er zog das Skalpell vorsichtig wieder heraus.

„Siehst du, es ist nichts passiert. Wo ist dein Vertrauen? Du solltest mir doch vertrauen! Ich werde dir nicht wehtun! Ich würde dir nie wehtun!"

„Vertraust du mir?" Sie nickte.

Tränen standen in ihren Augen. Zarah verstand nicht.

„Hören wir damit auf. Du hast mich auf die Idee mit dem Skalpell gebracht, es war deine Zeichnung, die mich inspiriert hat. Lassen wir das. Ich dachte, es gefällt dir. Außerdem habe ich nicht die Klinge sondern die stumpfe Seite in dich eingeführt."

Er trat zurück und betrachtete sie lange.

„Meine kleine Zarah. Angst steht dir gut. Es macht dich so verletzlich, dabei bist du so stark. Keine Sorge, mein Engelchen, ich passe gut auf dich auf."

Er als Aufpasser? Eher schien er gerade sehr unvorsichtig mit ihr umzugehen. Sie wollte herunter von diesem Stuhl, raus aus diesem Zimmer, weg von hier.

Der Raum war ihr zu steril, kalt und gefährlich. Ein Schlachtraum. Fort!

Zarah schwenkte ihre Beine aus der Halterung. Sie zerrte an den Fesseln ihrer Gelenke, bekam die Hände nicht frei.

„Hör auf damit, ich habe nicht gesagt, dass wir schon fertig sind. Oder?"

Paul legte ihre Füße zurück in die unbequeme Position.

„Jetzt werde ich dich ficken! Auf meine Art." An der Wand hang ein schwarzer Umschnalldildo, monströs in der Größe.

Paul streifte seine Hosen ab. Die Unterhose nicht. Er schnallte sich den Gummiknüppel vor den Unterleib.

Zarah wand sich. Nicht jetzt, und nicht so. Sie versuchte wieder ein „Nein" von sich zu geben, mehr als ein Röcheln war nicht zu hören.

Ihre Panik hatte sich in Unwillen verwandelt, sie wollte hier sofort hinaus, und er verhinderte es. Wut machte sich breit.

Sie riss an den Bandagen. Die Riemen saßen zu fest.

„Oh, meine kleine Wildkatze, vollziehst du dich gerade einer Metamorphose vom Blümchen zur Tigerin? Hör auf, dich zu wehren, es ist sinnlos. Und unfair. Wieso soll ich dich nicht ficken dürfen? Anderen gegenüber bist du doch auch nicht so prüde."

Zarah starrte ihn an.

Machte er ihr jetzt für sein Verlangen, sie mit einem anderen Mann ficken zu sehen, Vorwürfe?
Sie hatte es nur für ihn getan. Alles nur für ihn, hatte sich erniedrigt, seine Spiele gespielt, und jetzt das?

Der Dildo stand vor ihm wie ein bedrohliches Schwert.
„Halt still!"

Er richtete die Gummieichel gegen ihr Loch, das keinerlei Verlangen mehr spürte. Drang ein. Schmerz, stechender Schmerz. Drang tiefer ein. Schmerzen. Stöhnen.

„So geht das nicht, stell dich nicht so an! Mach dich nicht so eng!"

Er rammte den Schniedel wieder und wieder in sie, ohne wirklich ganz tief eindringen zu können.

„So geht das nicht!"

Paul schnallte das Teil ab.

„Dann eben anders."

Er nahm eine Leinenmaske und stülpte sie der sich hilflos wehrenden Zarah über den Kopf.

Sie war nun blind für das Geschehen.

Er betastete ihren Körper, küsste ihren Bauch, streichelte ihre Schenkel.

Dann spürte sie zwischen ihren Beinen seinen nackten Unterleib.

Er war ihr nah wie noch nie, so nah.

Zarahs Wangen waren nass von Tränen, verhüllt von der Kapuze.

Sie hatte sich so gewünscht, die ganze Zeit gewünscht, ihn in sich zu spüren, und jetzt, als es so weit sein sollte, hatte sie Angst vor ihm, war alles, was sie an romantischen Träumen je mit ihm erleben wollte, in einem See von Wut und Angst ertrunken.

Er war kalt zu ihr, was hatte sie falsch gemacht? Wieso verdeckte er ihr Gesicht?

Zarah schluchzte, ihr Körper wurde von Weinkrämpfen geschüttelt.

Paul blieb unbeirrt.

Sie spürte seine Eichel ihre Schamlippen reiben. Sein Schwanz legte sich an ihre Klitoris, er rieb sich an ihr, dann drang er langsam ein. Rhythmisch stieß er sie. Es schien alles so normal, wäre da nicht die Kapuze gewesen und diese Art des Vorspiels..

„Ich darf das nicht tun, Zarah, was ich hier mache ist nicht gut für uns beide. Ich bin dein Lehrer, nichts weiter. Und ich fühle mich so wohl in dir, du bist so ein geiles Stück."

Seine Eier klatschten gegen ihre Hintern.

„Du verführst mich!"

Er war nicht so groß gebaut wie der Biker, zum Glück nicht so groß wie der Unschnalldildo.

Er tat ihr gut, er war ihr nah, endlich in ihr, sie hatte erreicht, wovon sie seit Monaten geträumt hatte.

Er war sanft zu ihr, ganz sanft. Streichelnde Hände auf nackter Haut. Sein Anblick hinter Leinen verborgen.

Liebkosungen.

Er fickte sie sacht, als wolle er sie nicht verletzen, als könne er sie zerbrechen. Von der gerade noch zelebrierten Brutalität blieb kein Hauch.

Dann stöhnte er leise auf, Stille, ein leichtes Zucken, er kam, und ein Schwall ergoss sich in ihr, rann aus ihrer Leibeshöhle, lief ihr Gesäß herunter.

Sein Schwanz erschlaffte. Er zog ihn aus ihr heraus.

Tupfte sie mit einem Tuch sauber.

Und ging ohne ein Wort aus dem Raum.

Die Tür schloss sich, Stille.

Zarah wartete.

Ihr wurde kalt, fast gänzlich nackt.

Sie konnte nicht fort, saß mit entblößter Scham, gespreizten Beinen und gefesselten Händen auf dem Stuhl.

Das diffuse Licht, welches durch die Haube gedrungen war, hatte er ganz gelöscht.

Dunkelheit und Einsamkeit umfingen sie.

Gefühle der Leere.
Nichts gab es jetzt für sie, nur Kälte, keine Liebe, keine Zärtlichkeit, die sie so sehr brauchte, gerade jetzt, wo sie doch gerade noch endlich vereint gewesen waren, eine so zärtliche Symbiose.

Sie verstand sein Verhalten nicht, es war zu irrational.

Ihre Ergebenheit gewünscht, ihr dann vorgeworfen. Ihre Sehnsucht gestillt, aber nicht wie erträumt.

Ein Bündel Mensch mit hängendem Kopf, gerade noch geliebt, auf eine merkwürdige Art und Weise. Zärtlichkeit und Nähe wo vorher Angst war, blindes Lieben.

Und nun Wortlosigkeit, Kälte und Einsamkeit . Sie liebte ihn doch so sehr, er sie nicht?

Zarah versuchte ihn zu rufen, wieder hinderte der Knebel sie, sich zu artikulieren.

Sie gab auf.

Stundenlang.

Die Tür öffnete sich. Das Licht ging an. Blinde Zarah.

Zu viele Schritte.

Stöckelschuhe.

Er kam, nicht allein.

Flüstern.

„Nein, es ist nicht so, wie du denkst."

Unterdrückte Stimmen.

„Hör auf, wir klären das gleich." Wortfetzen. „Sei still!"

Hände legten sich auf ihren Körper.

Kniffen ihre Hüften. Befühlten ihren Bauch.

Nägel kniffen in ihre Brustwarzen.

Eine weibliche Stimme, leise flüsternd, nicht zu verstehen.

Ihre Scham wurde gespreizt, Finger betasteten sie.

„Gut!" Eine Frauenstimme!

„Es war nicht vereinbart....." Paul. Wieder unkenntliche Satzfetzen. „Sei nicht so..."

Das Licht ging aus. Die Tür schlug zu.

Stille.

Er hatte eine Frau mitgebracht? Schon wieder? In was war sie da geraten?

Und sie blind.

Weitere Stunden später.

Licht, Schritte, wieder Stöckelschuhe.

„Bitteschön, da ist sie, bedien dich!"

Eine Frauenstimme.

Schnaufen, auf ihre Schenkel legten sich Hände, nicht Paul`s.

„Na, meine Süße, so sehen wie uns wieder, kennst du mich noch?"

Sie kannte diese Stimme – Jean, Pauls Freund.

„Oh, ich werde dich ficken, ich ficke dich. Bist du heiß. Jetzt ficke ich dich, ich stecke ihn dir rein. Gleich."

Zarah wollte schreien. Sie warf ihren Kopf zur Seite, versuchte, sich zu wehren, er packte ihre Beine, die wild strampelten.

„Schnell, gib mir die Gurte, die Kleine zickt!"

Er fesselte ihre Beine an den Halterungen.

„So, du Biest, streckst du mir schon dein Loch entgegen, was? Kannst es wohl kaum erwarten?"

Sie versuchte, durch das Heben ihres Beckens seinem Griff zu entkommen, unmöglich.

Eine breite Zunge leckte sie aus, schob sich in sie, Finger drangen ein.

„Laß mich mal schauen, geh zur Seite!" Eine Frau.

Zarte Finger schoben sich in ihr Loch, ein Daumen massierte ihre Klitoris.

„Hübsch, da hat uns mein Paul ja ein feines Blümchen gepflückt Keine Angst, wir feiern nur eine kleine Party, und du bist unser Gast, unser Ehrengast." Glockenhelles Lachen.

Sie massierte weiter, sehr gekonnt. „Das gefällt dir? Du bist gut vorbereitet. Bist du nass. Also dann, Jean, viel Spaß euch beiden."

Jean schob sich zwischen ihre Schenkel.

Sein dicker Schwanz flutschte in ihre feuchte Möse, er rammelte drauflos wie ein Kaninchen mit unglaublicher Schnelligkeit. Schnaufen, Spritzen, vorbei.

„OAAAH, ich ficke dich dann gleich noch einmal, brauch eine Pause."

Helles Lachen.

„Willst du einen Wettbewerb im Schnellficken gewinnen, Jean?"

„Du Kleine macht mich total scharf, da kann ich mich nicht zurückhalten."

Sich entfernende Schritte. Stille. Dunkelheit.

Stundenlange Leere.

Licht.

Schritte. Sie!

„So, meine Süße, unterhalten wir uns mal. Du denkst sicher, du bist etwas Besonderes. Naja, sehen wir uns einmal die Tatsachen an."

Die Kapuze wurde ihr abgenommen. Licht blendete ihre Augen, Zarah blinzelte.

Vor ihr stand eine schlanke gutaussehende Frau, sportlich geschnittenes kurzes schwarzes Haar, Anfang vierzig, grüne Augen, breite Wangenknochen, ein Anflug von maskulinem Touch, dezent geschminkt.

Bekleidet mit einem langen schwarzen Mantel aus Spitze, offen getragen. Ihre Möse blitzte blank rasiert hervor. Hochhackige Schuhe.

In ihren Händen hielt sie ein dickes Album.

Sie nahm Zarah den Knebel ab.

„Ich bin Pauls Frau. Seit ewigen Zeiten." Sie grinste. „Also, so ganz ewig nun auch wieder nicht."

Sie öffnete das Album. „Und das ist mein Tüchlein, er hat sicher auch so eins von dir."

Ein weises Seidentüchlein mit braunen Spuren war in das Buch geklebt, darunter in geschwungener Schrift fein säuberlich der Name Tanja und das Jahr 1983.

„Ja, Tanja, das bin ich, und die Flecken sind mein Entjungferungsblut."

Tanja blätterte weiter.

„Was haben wir denn da? Ach ja, im Jahr 1988 wollte er dann endlich ein neues Blümchen pflücken."

Tanja zeigte ihr das befleckte Tuch und den Namen darunter, Simone, dann die folgenden Seiten, Anna 2001, Marlen 2003, 2004 Monique, Fine 2005.

„Und hier haben wir dich."

Tanja hielt ihr das Album vor die Augen.

Die letzte Seite, 2007 Zarah, das Blut auf dem Tüchlein, und ihre Zeichnungen hatte er auch eingeklebt

„Er sammelt Jungfrauen, Zarah, wie andere wertvolle Briefmarken oder Uhren. Ich war seine erste in der Sammlung, behauptet er jedenfalls noch heute. Und die derzeit angeblich letzte bist du."

Die Frau blickte Zarah in die Augen. „Sagte er dir, daß er verheiratet ist? Bestimmt nicht, er mimt anfangs gern den Saubermann."

„Ich dachte eine Weile, er könne es lassen, hätte seine Leidenschaft unter Kontrolle, aber du siehst ja, wie sehr er unter der Vorstellung leidet, Frauen könnten ohne die Erfahrungen, die sie bei ihm sammeln, etwas im Leben verpassen. Und so habe ich mich arrangiert, wir führen eine sehr offene Ehe. Er hier, ich mal hier und da."

Sie trat ganz nah an Zarah heran.

„Und hast du seine Lehrstunden genossen?"

Sie streichelte über ihre Brüste, ihre Taille.

Ihre Hände wanderten nach unten.

Tanjas Finger umkreisten liebevoll Zarahs Möse.

„Es ist nicht verkehrt, das eigene Weltbild zu erweitern, weist du, es ist ganz und gar nicht verkehrt. Du hast doch auch Fine geleckt, nicht?"

Tanjas spitze Zunge wanderte Zarahs Schenkelinnenseite entlang zu ihrer nassen Mitte.

„Männer sind viel zu direkt, Zarah. Nur Frauen wissen genau, was Frauen wirklich mögen." Ihre Zunge glitt zart in Zarahs Fotze, tupfte ihr Loch, ihre Lippen liebkosten Zarahs Innerstes.

„Wir können Freundinnen sein, ich bin dir nicht böse, dass du meinen Mann gefickt hast. Wir führen eine wirklich sehr offene Ehe. Und manchmal teilen wir uns auch in die Freuden hinein. Du bist süß."

Wieso bist du hier unten allein? Komm mit nach oben." Tanja schnallte Zarahs Beine ab, löste ihre Arme.

„Warte, zieh den Body aus." Sie streifte Zarah den Body herunter.

Sie nahm sie in den Arm und drückte sie sanft an sich, presste ihre nackten Brüste gegen Zarahs nackte Brüste, presste ihre glatte Möse gegen Zarahs Möse.

Tanja stöhnte leicht. „Du bist so warm und weich."

„Fühl mal!" Tanjas Hand griff Zarahs Finger, führte sie an ihr feuchtes Loch, rieb ihre Scham.

„Du machst mich ganz nass, und du selbst bist ja auch ganz nass." Schelmischer Blick.

Sie spreizte leicht die Beine und rieb sich an Zarahs Schenkel, massierte dabei deren Möse. Zarah lief aus, ihr Schenkel klebten von Tanjas Nässe.

Tanja kniete sich vor Zarah. Ihre Finger spreizten Zarahs Schamlippen auseinander. Tanjas Zunge umspielte den nassen Spalt, sie trieb ihre Zunge tiefer ins Loch, Zarah stöhnte zitternd auf, spreizte die Beine, damit Tanja alles nichts auslief, und presste ihren Kopf in ihren Schoss. „Das tut gut, nicht wahr?"

Vor ihr kniete die bis dato für Zarah nicht existente Frau ihrer großen Liebe und leckte ihr bis zur Ekstase gekonnt den Spalt.

Tanja erhob sich.

„Du machst mich total an. Ich möchte, dass du mich gleich jetzt und hier fickst, bitte, tust du das für mich? Hast du schon mal eine Frau gefickt? Fine erzählte, deine Zunge wäre sehr begabt. Nimm einen der Dildos! Ich lege mich auf den Tisch, warte."

Tanja legte sich auf den metallenen Tisch.

Zarah nahm den Umschnalldildo vom Regal.

„Dort steht die Dose mit der Vaseline."

Zarah schmierte den Dildo dick mit Vaseline ein.

Breitbeinig lag Tanja vor ihr, die Beine angewinkelt, die Möse dunkelrot und dick geschwollen.

Der Dildo glitt mit Schmatzen in sie ein.

„Jetzt fick mich, oh ja, fick mich. Du bist gut, du hast viel gelernt. Tiefer, fick mich mehr, fick mich härter, so ist es gut, ja....Reib meine Klitoris, bitte, reib mir die Fotze mit deinen Fingern, ja, kräftig, kräftiger, oh ja..."

Zarah bewegte den Dildo hart in Tanja, ihre freie Hand rieb Tanja die nasse heiße Möse.

Vor ihr lag die Frau, der sie nie würde das Wasser reichen können, und, und ließ sich von ihr ficken. Zarahs Träume zerplatzten.

„Ich brauche noch mehr, bitte, mehr, härter, ja...... Fick mich noch in den Arsch, komm, meine Süße, steck mir den Finger in den Arsch, gut, ja, oh......"

Zarah steckte einen Finger in Tanjas gierigen Arsch, während sie den Dildo weiter kräftig in Tanjas Möse stoßen lies.

„Komm, leck mich, leck mich, stoß mich und leck mich!"

Tanja streckte Zarah ihren Unterleib entgegen. „Leck mir die Möse und fick mich dabei, das tut so gut!"

Zarahs Blick fiel auf das Skalpell.

Tanja bebte unter ihren Händen.

„Du bist so geil! Himmel, bist du ein geiles Stück. Gefällt es dir auch? Sag, willst du mich lecken? Ja, bestimmt, los, mach endlich, leck mich."

Zarah zog den Finger aus Tanjas Rektum, trat zurück und griff sich das Skalpell.

„Oh ja, bitte leck mich jetzt!"

Zarahs Lippen liebkosten Tanjas Möse. Ihre Zunge glitt über die Schamlippen.

Sie ersetzte den Dildo durch das Skalpell.

Rhythmisch lies Zarah das Skalpell in Tanjas Schoss tanzen, sie stieß wieder und wieder zu, während ihre Zunge den Venushügel verwöhnte.

Schreie, durchdringend, Schwälle von Blut, warm und klebrig.,

Die Spitze des Skalpells durchdrang von innen Tanjas Unterbauch oberhalb des Schambeins.

„Was,........ahlılı, oh mein Gott!"

Tanja hielt sich den blutüberströmten Bauch und sah Zarah ungläubig an. Dann schrie sie.

„Nein, ich möchte dich nicht lecken, und nein, es gefällt mir nicht."

Zarah löschte das Licht, zog die Tür hinter sich zu.

Schalldicht, hatte Paul gesagt.

Der Riegel verhinderte ein Nachkommen Tanjas, die mittlerweile vom Tisch gefallen und in einer riesigen Lache auf dem Boden liegend am Ausbluten war.

Sie würde nicht stören können.

Das Skalpell trug Zarah bei sich.

Das Badezimmer.

Zarah duschte sich ruhig das Blut vom Körper. Den Dildo warf sie in eine Ecke.

An ihren Schenkeln Spritzer Tanjas Lebenssaftes, weggewaschen, fortgespült.

Ein Blick in den Spiegel. Spuren des Knebelriemens.

Das Haar hing wirr um ihren Kopf. Wasser kühlte ihre Stirn.

Sie suchte Paul.

Das Schlafzimmer. Leise öffnete sie die Tür.

Im Bett lag Paul nackt, neben ihm Jean, seinen Kopf in Pauls Schoss. Jean blies Pauls Schwanz, massierte kräftig seine dicht behaarten Hoden, die beiden Männer bemerkten sie nicht.

Sie sah Paul das erste mal nackt.

„Dreh dich um." Jean kniete sich hin, Paul trug Vaseline auf.

Er schob langsam seinen Schwanz in Jeans Arsch, Jean stöhnte auf.

„Störe ich?" Zarah trat ein.

Paul erstarrte.

„Ich störe doch nicht, oder? Tanja ist sehr nett, sie ruht sich ein wenig aus."

Ihre Beine zitterten.

„Darf ich euch Gesellschaft leisten?"

Das Skalpell hinter ihrem Rücken versteckt.

„Dann komm mal her, Süße!" Jean.

Zarah setzte sich breitbeinig vor Jean auf die Kissen, darunter das Skalpell versteckt, Jeans Augen glänzten.

„Oh, diese Kleine ist der Hammer. Die bekommt nicht genug. Los, knie dich vor mich!"

Zarah kniete sich vor Jean, der befummelte ihr Loch. „Hm, versuchen wir mal die Karawane."

„Nein!" Zarah drehte sich wieder um.

"Ich möchte den lebenden Tisch probieren." Sie schaute Paul herausfordernd an.

„Gut."

„Paul, dich will ich."

Jean kniete sich auf den Boden. „Diese Jugend, geil wie Nachbars Lumpi."

Zarah legte sich Rücken an Rücken auf Jean, Paul kniete vor ihr.

„Vergesst mich nicht da oben!" Jean.

Pauls prüfender Blick konnte keine Gefühlsregung in Zarahs Antlitz erkennen.

„Bitte, fick mich!"

Sein Schwanz drang in sie ein.

Zärtlich, sanft.

Er hielt sie vorsichtig, während er sie fickte.

Dann zog er den Schwanz heraus und steckte ihn Paul in den Anus, bewegte sich kräftig, wechselte wieder in Zarahs Loch.

Dort wieder sanft, zärtlich.

Nicht einmal jetzt hatte sie ihn ganz für sich, er fickte seinen Freund genauso wie sie.

„Ich werde dir noch so viel zeigen, Zarah, so viel." Er bewegte sich weiter in ihr. Dann rammte er wieder Jeans Loch.

Und wieder in Zarah.

„Gefällt es dir?"

„Du bist ein sehr weltoffener Mann."

Seine fragende Blicke, die dem Frieden nicht recht trauten.

„Jetzt die Karawane! Ich möchte spüren, wie das ist!"

Zarah rutschte von Jeans Rücken herunter und drehte sich auf die Knie.

"Los, Jean, fick mich!"

„Na, das lass ich mir aber nicht zweimal sagen!" Jean kniete sich hinter Zarah, sein harter großer Schwanz drang in sie ein.

Paul kniete hinter Jean und bediente dessen Loch.

Die beiden Männer bestimmten den Takt.

Stöhnen.

Hartes Stoßen.

„Ist das ein Fick!" Jean.

Ihre Hand griff unter das Kopfkissen.

„Gleich komme ich!" Jean.

Sie stieß das Skalpell kräftig von unten zwischen ihren Beinen hindurch in Jeans Schwanzwurzel.

Stöhnen. Schreie.

Jean stürzte auf die Seite.

„Aaaah! Dieses Miststück! Dieses Miststück! Mein Schniedel, er blutet, sie hat ihn mir abgeschnitten! Mein Schwanz!"

Blut spritzte im Rhythmus des Pulses.

Paul sprang auf, sein Glied wie einen Speer vor sich stehend.

Jean hielt sich den Unterleib, krümmte sich, während das Laken sich mit seinem Blut vollsog.

„Schmerz und Begehren gehören zusammen, nicht wahr Paul?"

Sie hielt das Messer abwehrend in der Hand.

„Liebe und Schmerz! Nicht wahr?"

Paul drohend vor ihr. „Leg das Messer weg, sofort!"

„Ruf doch die Polizei, komm schon, ruf die Polizei! Ich werde ihnen alles erzählen, von deinem Album, deiner Sammlung, deinem kleinen Verlies."

„Hilfe, ruf den Arzt, fahr mich ins Krankenhaus, tu was, ich verblute!" Jean.

„Komm schon, ruf den Arzt, schnell, der arme Jean stirbt sonst, dann könnt ihr nie mehr gemeinsam Blümchen pflücken oder euch in den Arsch ficken. Wäre das schade!"

Hysterisches Lachen.

„Soll ich ihn dir auch abschneiden, Paul? Soll ich dich von deinem Übel erlösen? Soll ich die Welt von deinem Übel erlösen? Soll ich mich von deinem Übel erlösen?"

Sie stieß das Skalpell in die Luft, Richtung seines Unterleibes.

„Bitte geh, ich beende hiermit die Privatstunden, ich kann dich bei deiner Einstellung nicht weiter unterrichten, du bist nicht kooperativ!"

Jean wand sich stöhnend in einem See von Blut.

„Geh bitte Zarah, das hier geht zu weit. Es tut mir leid, wenn ich dich verletzt habe."

Zarahs Augen füllten sich mit Tränen. Verletzt? „Ich liebe dich, und du ....."

„Schau dich um, Zarah, es gibt andere Arten von Liebe. Die Liebe, die du meinst, existiert nicht, nicht in dieser Welt. Das solltest du auch lernen. Begehren, Sex, Erotik, das ist Liebe in ihrer reinen Form. Deine Liebe ist Kinderkram, verlogene Sandkastenromantik, mach die Augen auf, geh in die Welt, schau dich um, es ist überall das gleiche."

Ihr Vater und ihre Mutter.

„Du bist ein schlechter Mensch, Paul."

„Geh jetzt! Wasch dich und geh. Und komm nie wieder."

Sie war über und über mit Blut besudelt.

Jeans Stöhnen wurde leiser. „Ich sterbe....."

„Ich kümmere mich gleich um dich, mein Freund."

Zarah duschte sich, zog sich ihren Mantel über und verlies das Haus. Die kalte Luft der Nacht umhüllte sie.

Es war Sonntag. Seit Freitag hatte sie in Pauls Haus ausgeharrt. Ihr Zimmer schien ihr wie ein Zufluchtsort, sie verbarrikadierte die Tür. Grundlos.

Am nächsten Morgen herrschte Tumult auf dem Campus. Es hies, ein Lehrer habe seine Frau und deren Geliebten beim Liebesspiel überrascht.

In rasender Eifersucht habe er seine Frau erstochen und deren Liebhaber fast entmannt ausbluten lassen.

Ein Doppelmord!

Hier an der ehrwürdigen Universität!

Ihr Vater kam umgehend. Im Gepäck hatte er bei seiner Ankunft eine jugendliche asiatische Schönheit, welche kein Wort mit Zarah wechseln konnte, aus Ermangelung von Sprachkenntnissen.

Zarahs Vater holte seine Tochter von diesem Ort weg.

Sie war völlig verstört, durch die Nachricht vom Doppelmord derartig aus der Bahn geworfen, dass sie wochenlang apathisch in ihrem Bett lag und kein Wort sprach. Und in dieser Rolle ihrer Mutter ein Stück mehr ähnelte. Die wahren Gründe für den Zustand würde nie einer erfahren, nur Paul und Zarah wussten. Er hatte sie nicht verraten. Er liebte sie.?

Sie kannte den Täter, der Mörder war ihr Lateinlehrer gewesen. Nur das hatte für die Öffentlichkeit ihren verwirrten Zustand ausgelöst.

Im Nachhinein meldeten sich mehr als ein Dutzend ehemaliger Schülerinnen, welche von eben diesem Lehrer sexuell bedrängt oder sogar zu einem ohnehin verbotenem und ausgesprochen abartigen sexuellen Verhältnis verführt worden waren.

Was zwischen ihr und Paul geschehen war, kam nie ans Licht. Er hatte vor seinem Anruf bei der Polizei und seiner Selbstbezichtigung seine Sammelobjekte verbrannt, Spuren beseitigt, keinen Hinweis auf sie zurückgelassen. Der Fall lag klar auf der Hand, keine weiteren Ermittlungen seitens der Polizei nötig.

Landesweit gab es einen Aufschrei besorgter Eltern, die um die Unversehrtheit ihrer Kinder in Internaten oder Schulen fürchteten.

Wie konnte ein Pädagoge unbemerkt jahrelang Schülerinnen belästigen? Wie viele unentdeckte Fälle gab es noch?

Zarah erholte sich später lange Zeit in einer Klinik für psychisch Kranke von ihrem Schock, lehnte Gesprächstherapien allerdings kategorisch ab.

Ihr Studium absolvierte sie danach in einem reinen Mädcheninternat mit ausschließlich weiblichem Personal.

Auf Pauls Rat hörte sie, und sie schaute sich genau um, zu genau, um das erst auf den zweiten Blick Offensichtliche nicht zu erkennen.

Ihr Plan war geradlinig. Sehr effektiv. Gut strukturiert.

Sie selbst wollte ein paar Dinge geraderücken, die in der Welt aus den Fugen geraten waren. Auf ihre Art.

Und nun, morgen, spätestens übermorgen, würde sie sich um den Vertreter für Medizinprodukte kümmern, gut kümmern, effektiv kümmern.

Fortsetzung folgt